みつき!
かれ少年の日常
仏よも
Illustration riritto

西尾暁秀
鷹白環
中津原早苗

神様
芹沢アイナ
西尾千秋

東根咲良

# かみつき！
## お憑かれ少年の日常

仏ょも
イラスト　riritto

新紀元社

# Contents

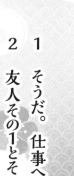

# プロローグ

二度の世界大戦と、その後に訪れた近代化の大波は従来の慣習を大きく覆した。

たとえば『ここに入ってはいけない』という山。

たとえば『神様が宿っているから切ってはいけない』という木。

たとえば『罰が当たるから壊してはいけない』という社。

たとえば『悪いモノを封じているのだから移動させてはいけない』という大岩。

諸々の『神聖なモノ』は急速に失われていった。それも世界規模で。

その結果、現世と幽世と呼ばれる世界の境界が揺らぐこととなった。

一九九〇年代。オカルトだとか詐欺だとかありえないモノだと言われていた【霊的なモノ】が当たり前に現世に現れるようになった。

二〇〇〇年代。それら【霊的なモノ】のうち、一定以上の力を持つものが異界と呼ばれる己の世界を構築することが当たり前と思われるようになった。

そして二〇二〇年代の今。人類は【霊的なモノ】は必ずしも排除しなくてはならないモノではなく、条件によっては共存することができるモノとして認識するようになっていた。

それは二〇一〇年。つまり今から十四年前のことだった……。

とあるところに、妻の出産がとんでもない難産になると告知された男がいた。

最悪の場合は妻も、お腹の中にいる子供も命を失う可能性があると告知された男がいた。

男はとある神社の神主であった。

そのため男は神社に祭られている神に祈った。

「子供が無事に生まれますように！　子供を産んだ後も妻が健康でいられますように！」

普通は一つ叶えば望外の幸せと喜ぶところ、男は二つ願った。

二つの願いが叶って初めて幸せなのだと、心から願った。

男はそれが欲深いことだと自覚していた。

そのため男は誠心誠意、願った。

水垢離《みずごり》もした。

毎日した。

お百度参りもした。

一日一回、それを何日も繰り返した。

男は真剣に、それこそ妻と子供が助かるのであれば自分は死んでも良いと言わんばかりに祈りを捧げた。

神社の神主という立場を持つ人間が命懸けで行う祈祷。

それが祭神、もしくはそれに準じるモノに届いたのは偶然か必然か。

【プロローグ】


『ま、よかろ』

声が聞こえた。言葉に表せば軽いと言わざるを得ない内容の声が。

男はその声に上位者の威を感じた。

男はその声が幻で終わらぬよう、むしろその声の主に失望されぬよう、それまで以上の熱量を以て祈祷を捧げた。

それから数日後。

男の妻は無事に子を出産することができた。

難産は難産だったが事前に予想された程のものではなく。

産後の肥立ちも医者が奇跡だと驚くほど順調で。

男が願った通り、母子ともに健康そのものであった。

ただ、生まれてきた子供は普通の子供ではなかった。

普通の子供よりも泣かず。

普通の子供よりも騒がず。

普通の子供よりも賢く。

なにより普通の子供が見えないモノが見えている。

そんな不思議な子供だった。

だが男も男の妻も、その子供を、傍から見れば不気味極まりない子供を忌避したりはしなかった。

むしろその子供が普通でないことを喜んだ。

だってその子は神様の加護を受けて生まれた子供なのだ。

普通なはずがないではないか。神と人が近い世界で、神の加護を与えられて生まれた子供がどのような生を辿ることになるのかはわからない。

だが夫婦は自分たちの子供がどのような道を歩もうとそれを妨げるつもりはなかった。

なぜなら我が子を愛しているから。

故に父となった男は語る。

「というかさ、自分で願っておきながら生まれた後で神様に目を付けられているから嫌だとか不気味だとか可哀想だとかは言えないからね」

「ぶっちゃけやがったよこの人」

『うむ。素直なのは美徳じゃが、もう少しオブラートに包むなりなんなりするべきじゃな。まぁ妾《わらわ》は気にせんけど』

「俺が気にするわ」

――これは、溢れんばかりの愛ゆえに生まれる前から神に目を付けられた少年が紡ぐ物語である。

# 1　そうだ。仕事へ行こう

①

その神様は白かった。
頭からつま先まで白かった。
髪の色も皮膚の色も真っ白で。
着るものも白い和服を好む。
その声も、吐きだす息も白いように思えたし。
穿いているのであれば下着も白だろう。
唯一、瞳の色だけが黒かった。
少年が生まれる前から一緒にいる神様は、白い少女の姿をしていた。

霊和一四年。
西暦にして二〇二四年の今、人類は霊的な存在と共存できる体制を作り上げていた。

具体的に言えば、異界で採取できる霊的な物質をエネルギーにした発電方法や、霊的な存在を討伐した際に得られる力に名前を付け、管理する方法を作り上げていた。

これは全世界規模で行われたのだが、その中でも特にスムーズに話が進んだのは、当たり前というかなんというか、多数の人間が特定の宗教を持たず、それどころか国民の大半が『八百万の神』という、多数の神が存在することを当たり前のことと受け入れていた国、つまり日本であった。

日本がほかの国と違うところは、近代化が進んでいた中であっても一定以上の寺や神社が残っていたことだろうか。元々神社仏閣とは霊的な力の強い地に造られているケースが多い。

そのためほかの国で多発したような『野良の霊が強力な霊地を得て強化される』というケースは少なかったし、増え続ける異界もその大半が人間でも踏破できる程度のものに収まっていた。

「とはいっても、神クラスが創る異界はそうでもないけどな」

あくまで大半がそうであるというだけで、例外は存在する。

どれほどの実力者であろうと下手に足を踏み入れれば普通に死ぬ。

それが、本物の神がおわす異界なのだ。

『当たり前じゃ。人間と神はそれこそ存在の位階が違う故な。軽々しく接することなどできんわ』

「そう嘯《うそぶ》く神様がこちらです」

ここに軽々しく接する、というか、当たり前に人間と共存している神様がいるらしいのですが、それは？

『妾がなんの配慮もなくお主以外のモノと接した場合そいつが死ぬことになるが……見てみるか？

知人が文字通り弾けて死ぬ様を？』

「すみませんでした」

流石の俺も友人知人が弾け飛ぶ様は見たくない。

それがなにかしらの無礼を働いた結果というのであればまだしも、俺が振ったネタに対して神様が気まぐれでツッコミを入れた結果となれば尚更だ。

罪悪感が半端ない。

『うむ。わかればよい』

神の威は大きく、強い。存在の格と桁が違うと表現せざるを得ないほどに。

ではなぜこうして常時接触している俺が大丈夫なのかといえば、偏《ひとえ》に神様が俺に合わせてくれているからである。

曰く『お主が死んだらその魂は妾のモノになるとはいえ、折角の現世じゃからな。妾とて暇潰しくらいはしたいのじゃよ』とのこと。

いつの間にか死んだときのことも決まっていたが、彼女がいなければ生まれてくることもできなかったと思えばそれも仕方のないことだと思う。

というか、死んだ後の魂を神様に保護してもらえると考えれば悪いことではないような気もする。

『そう思えるのはお主が特殊だからじゃよ。普通は嫌がるもんじゃぞ』

「そう言われましてもねぇ」

特殊。そう、特殊。

神様と共存していることもそうだが、それ以上に俺には自分が特殊な状況に置かれていると断言できる要素があった。

それが前世の魂とそれに付随した記憶を持っているということである。

といってもネタ的なこと以外ほとんど覚えていないが。

ただ神様はその覚えていない部分を閲覧できるようで、暇を潰すには事欠いていないらしい。

『前世の記憶がある。ありきたりと言えばありきたりな話じゃが、それが異なる世界の魂と紐づいた記憶となれば珍しいでは済まぬわな』

神様の言う通り、前世の俺が知る西暦二〇二〇年代の年号は令和であって霊和ではない。また十四年前の二〇一〇年に改号されていることも大きな違いだ。

決定的だったのは、俺の魂に紐づけられたモノを閲覧した神様から『ふむ。お主が持つこの知識はこの世界のモノではないな』とお墨付きをいただいたことだろうか。

どうやら俺の魂は世界の壁を超えたらしい。

出産のかなり前から難産になることが想定されていたり、無事に生まれてくる可能性が低いと言われたりしたのもこのせいだ。神様曰く、俺の魂と肉体が釣り合っていなかったとのこと。

『魂が持つ情報量が多すぎて肉体が悲鳴を上げとったからの。妾の処置がもう少し遅かったら死んどったぞ、マジで』

そういうことらしい。

つまるところ神様は文字通り命の恩人なのだ。

加えて、今も神様のおかげで生活ができているところもある。

ここまでしてもらっておきながら死んだ後のことを騒ぎ立てるとか……それこそ筋違いが過ぎるというものではなかろうか。

『お主が良いならそれで良いわい』

純粋な感謝に弱いらしい神様は、そう言って会話を切ろうとする。

顔を明後日の方向に向けているため表情は窺えないが、その耳が真っ赤に染まっているのは誤魔化せない。うむ。恥じらう神様もまたいいものだ。

②

経緯はどうあれ生まれてきた以上、生きねばならぬ。

親としても、産んだ以上は育てねばならぬ。

だが、育児とは簡単なものではない。

育てる側の肉体的、精神的な負担もさることながら、なにをするにしても先立つものが必要なのだ。

端的に言えば金である。我が家の場合はそれが不足していた。

前にも言ったが我が家は神社である。故に父の職業は神主となる。だがこのご時世、神主一本で食っていくのは難しい。というか無理だ。

それが大都市にある有名な神社ではなく、都心からやや外れた地方都市からさらに離れた町にポツンとあるしがない神社であれば尚更。

地元の人間でさえ新年のお参りは少し離れたところにある大きな神社に行くとなれば、もはや収入源はないに等しい。

一応歴史だけはあるので神社庁から補助金が出たり、地元でお祭りがある際には多少のお金が入ってきたりするらしいがそれで一家四人が暮らしていけるかと問われれば、答えはＮＯと言わざるを得ない。

かといって社会的地位だけはある神社の神主がそこら辺でアルバイトをするわけにもいかないわけで。雇うほうも気を使うからな。

なので少し前まで我が家の収入は、少量のお布施と神社庁からの補助金。さらには父親の弟妹、はたまた母親の実家から送られてくる仕送りがメイン収入となっていた。さすがにそれだけに頼るのは良くないからと母親がパートに出ていたものの、それとて月数万円程度。

それに意味がないとは言わないが、子供たちの進学など将来的なことを考えれば余裕がないというのが実情だ。

ちなみに我が家の家族構成は、父と母。それに俺と妹の四人家族である。

俺が十四歳で妹が十二歳だ。

家計が苦しいのに世継ぎ以外の子供をこさえるとは何事かと思わなくもないが、これには切実な事情がある。といっても簡単なことなのだが、通常ウチのような家の場合、長男である俺が家を継ぐことはほぼ確定している。

伝統だけはあるので、継がないという選択肢はないのだから当然だ。

しかし神社の神主だけではまともに生活できないことは説明した通り。

よって家を継がずに済んだ者がほかの家に嫁ぐなり婿養子として入るなりして神社業以外の稼ぎを見つけ、家を継いだ者に援助をする必要があるのだ。

言ってしまえば家族ぐるみのヒモである。

こんなの普通のお家であれば家族総出で邪魔者扱いされそうなものだが、ウチの場合そうはなっていない。それというのも、ウチは神社にありがちな、歴史だけはある由緒正しき家柄だからだ。

代々積み重ねてきたその歴史は年数にして驚きの八〇〇の年と少し。

そりゃ八〇〇年も続けば、存続している事実そのものが格となる。そして〝格〟を欲する人たちにとってこの由緒正しさは稀少なものに映るらしい。

なので、嫁としての嫁ぎ先や入り婿としての入り先に困ることはないそうだ。当然俺自身の結婚相手にも困ることはない、らしい。つまるところ、家計が苦しいはずの両親が俺以外の子供を産んだのは、将来的に切実にならざるを得ない理由があったからだ。

だが、俺としては妹を売り払うような真似をするつもりはない。もちろん、家族そろってヒモとして縋り付くつもりもない。いや、現在進行形で親族から支援を受けて生活をしている両親を馬鹿にするつもりはないのだけれど。

そうしなくてはならない状況だということも理解しているし、家の存続と俺の将来を両立させるための苦肉の策だということも理解している。

だが、それとこれとは話は別。

家柄もあるので完全に自由な恋愛をさせることは難しいかもしれないが、それでも妹には自由に生きてほしい。なにより神様の加護を得て生まれた俺が妹のヒモだなんて情けないではないか。

『つっても、神自体がヒモみたいなもんじゃゃけどな』

信者から捧げられる願いやら供物を受け取って懐を満たしている本神が言うと説得力もひとしおであるが、それはそれ。

『捧げ……る』

蝕はガッツで切り抜けましょう。

とにかく大事なのは俺の心。俺が納得できるか否かだ。

そして俺が妹を犠牲にすることに納得できないことはすでに述べた通り。

しかしながら、どれだけ理想を説いたところで現実が伴わなければ意味はない。

理想では腹は膨れないのだから。

ではどうするか?

俺が稼げばいい。

「つーわけで、行ってきます」

「気をつけていくんだよ」

「うぃっす」

ガワの年齢は十四歳の少年だが、中身はウン十歳の大人である。

当然その辺の子供とは規格が違う。

両親とて好きで娘を売り払いたいわけではないので、俺に金が作れる手段があるとわかっているのであればそれを止めるつもりはないようだ。

もっとも、両親は俺の中身というか、俺に憑いている神様を信頼しているようだが、それはそれで一向に構わない。

大事なのは、保護者である両親に俺が稼ぎに出ることを認めてもらうことなのだから。

「さぁ、行きましょうか」

『うむ』

俺が稼ぐという方針に神様も納得してくれている以上、怖いものはない。

行こうじゃないか。稼ぎとレベルアップを兼ねた異界探索へと。

③

「さて、依頼を探すか」

埼玉県は入間市に造られたとある施設の中で独り言ちる俺。

異界探索とは。読んで字のごとく異界を探索することである。

異界とはある程度の格を持つ妖魔と呼ばれる存在が創り出した領域のことを指す。

妖魔とは日本でいうところの鬼や妖怪といった存在を指す言葉であり、基本的に異界は一定以上の力を持ち、ある程度の格がある妖魔によって支配されている。

そう聞けば、人間にとって異界なんぞ危険な生物がはびこるただの危険地帯である。発見次第、異界の主となっている妖魔を討伐し、異界を閉ざす必要があるだろう。

だが異界は人間にとって危険なだけの場所ではなかった。

というのも、異界の中からは魔力と呼ばれる不思議な力を帯びた物質が採取できるからだ。

長年の研究の結果、この不思議な力は特殊な加工を施すことでエネルギー資源として利用できることが判明したのである。つまり異界とは大量のエネルギー資源が眠る鉱山でもあったのだ。

よって現在、政府は全ての異界をある程度計画的に管理する方向で異界という不思議空間と向き合うことにしていた。

そして異界を探索して魔力を帯びた物資を採取したり、異界に現れる妖魔を討伐したりする人たちのことを退魔士という。

なぜ妖魔を退治する必要があるのかといえば、異界の探索に邪魔だというものもあるが、最大の理由は、妖魔が人間を餌として喰らう存在だからである。

通常妖魔は異界の中から出てくることはないのだが、『異界の中にいる妖魔の数が一定数を超える』など特定の条件が満たされた場合に限り、異界の外に出てくることがあるという事象が確認された。そのため、間引きも兼ねて適度な妖魔討伐が推奨されているのである。

異界は出現する妖魔の強さに応じて深度が設定されている。

詳細は以下の通り。

・深度一。妖魔のレベル上限は五程度。
一つの世界というよりは一般的な家屋に妖魔が住み着いた感じ。
退魔（異界攻略）報酬は二〇～三〇万円。
数は不特定多数。

・深度二。妖魔のレベル上限は一五程度。
そこそこ強い妖魔によって創られた世界で、広さは半径一～五キロ前後。
一般的な退魔士とされる人たちが命を懸けて探索している。
退魔報酬は一〇〇～二〇〇万円。
各都道府県にだいたい十箇所くらいある。

・深度三。妖魔のレベル上限は三〇程度。
深度二の異界から広さと出現する妖魔の強さを倍にした感じ。
一流扱いされている退魔士が命を懸けて探索している。
退魔報酬は五〇〇～二〇〇〇万円。
一つの県にだいたい二、三箇所くらいある。

・深度四。妖魔のレベル上限は四〇程度。
深度三をさらに強化した感じ。

ここくらいからその土地の伝承によっては神と呼ばれるような力を持った妖魔が出現する。

日本で有数の退魔士が命を懸けて探索している。

退魔報酬は一億円以上。各都道府県内に一箇所あるかないかくらい。

・深度五。妖魔のレベル上限は六〇程度。
各神話において神やその敵として登場するような強さを持った妖魔が支配する異界。

普通に死ぬ。探索している者は日本でも数人いるかいないか。

退魔報酬の設定はなし。

一つの地方に一箇所あるかないかくらい。

・深度六。妖魔のレベル上限は八〇程度。
神と呼ばれる妖魔の中でもさらに強めの神によって支配されている異界。

並の者では足を踏み入れただけで弾け飛ぶ。

探索している者はいない。

退魔報酬の設定はなし。

一つの国に一箇所あるかどうかくらい。

・深度七。レベル上限なし。
各神話において主神とされるクラスの妖魔が支配する異界。

ニンゲンが干渉できる異界ではない。

探索している者はいない。

退魔報酬の設定はなし。

世界に何箇所かあるらしい。


と、このような感じである。ちなみにレベル云々はウチの神様が異界の脅威度を俺にわかりやすくするためにつけてくれた便宜上のものであり、公式にそう定められているわけではない。

深度六以上が顕著な形ではあるが、基本的に異界に入るためにはその異界が生み出す圧力に耐えられるだけの力、いわゆる霊力や魔力と呼ばれる力が必要となる。

俺が異界探索を行っているのに、両親が異界探索を行わないのは彼らにこの力がないからだ。

退魔報酬は異界の主を討伐することで支払われる報酬である。だが、当然のことながら主が討伐された異界は消滅してしまう。

退魔士でない者からすればそのほうが良いのだろうが、退魔士としては飯の種が減るのは困る。

それに現在異界に潜っている退魔士の大半は、俺のような金がない神社の関係者だったり、寺の次男坊とかだったりするので、お互いの気持ちは痛いほど理解している。

そんな事情があるので、俺を含む退魔士は稼ぎ場をなくさないようにするため、基本的に異界を【攻略】するのではなく【探索】することを旨としている。

この場合の【探索】とは異界の中に存在する【物品の回収】と、異界の中にいる【主以外の妖魔を討伐】することを指す。【討伐】は、異界を探索している際には異界の主以外の妖魔とも相まみえることがあるので、それらを討伐して妖魔が異界の外に出ないようにすることと、討伐した妖魔の力を吸収して自己を強化《レベルアップ》することを目的としている。

退魔士が金策以外の目的で異界に潜る理由でもある。

余談となるが、ゲームよろしく、魔物は討伐した際に素材を落とすときがある。

そうして獲得した素材は魔力の塊なので色々な用途に使えるし、なによりそこそこ高値で売れるため、それを目的として探索に臨む退魔士も少なからずいる。

ただし、ドロップアイテムが得られるかどうかは完全に運次第なので、討伐だけでは十分な金にならない可能性が高い。よって大半の退魔士は異界の中に存在する魔力を帯びた物品を回収して金にすることを生業としている。

買取の対象になる物は様々だが、一番有名なのは異界が生み出す不思議な力に浸されたことで特殊な力を得た石、今や業界内で【魔石】と呼ばれるようになった石だろう。

【魔石】は基本的にどこの異界でも得ることができるが、異界の深度によって【魔石】に含まれている力の含有量が違うらしい。

そのため深度三以上の異界で得られる石は高値で買い取られている。

ただまぁ、深度二の異界で得られる石も買取対象になっているので、俺はこちらを主な収入源としている。というか、以前深度三の異界で手に入れた【魔石】を売り出したときに色々と面倒なことが発生したので、今の俺には深度二以外の異界から得た【魔石】を売りに出すつもりはない。

ちなみに退魔士たちから一番人気がある依頼は、深度一の攻略依頼である。

なにせ深度一だ。広さは一軒家程度なので探索にも時間はかからないし、なにより敵が弱い。

油断さえしなければそれなりのレベルしかない退魔士でも無傷で攻略できる程度の強さなのだ。

効率も良ければ安全性も確保されている仕事なので、これ系の情報が貼り出されたときは文字通り依頼の取り合いとなる。俺も見つけたら率先して持っていくことにしている。

順番が前後するが【依頼】に関しての説明をしよう。

といってもそれほど難しい話ではない。

よくあるアレだ。ギルド的なやつが取りまとめている感じのやつだ。

ギルド的な組織の正式名称は、たしか全日本退魔士協会だっただろうか？

組織の名前はさておくとして、彼らは異世界モノの小説によく出てくる冒険者ギルドのようなことをしている組織である。依頼主が報酬付きの依頼を出し、退魔士がそれを受ける。簡単に言えばそれだけなのだが、実際は情報の取りまとめや、依頼主と退魔士が揉めないようにするための防波堤としての役割も担っているそうだ。

組織ができる前の話だが、一般的な退魔士には（国や企業と契約を結んでいるような一部の退魔士は別）仕事を得るための伝手が存在しなかった。

ネットや電話帳に情報を掲示したり、広告を出したりするにしても限度がある。

なにより【魔石】をはじめとした素材を売り込む先がない。

つまり異界を探索して素材を採取したり異界の中にいる妖魔を討伐できたりする力がある退魔士であっても、金を稼ぐ手段がなかったのである。

いくら力があろうと生活ができないのでは意味がない。

当然、金にもならないのに命懸けで異界を探索する物好きなどそうそういるはずもなく。

結局この組織ができる前は、自前で異界から採取した素材を加工できる技術を持った一部の名家や、異界産の素材を求める企業と契約を交わすことができたごく一部の退魔士以外では自己研鑽という名のレベルアップを目的とした少数の退魔士だけが異界に潜っていたそうな。

このままでは稀少な魔力を宿した物品が捨てられてしまうし、それを収集できる力のある者も埋もれてしまう。それは損失だ。それも取り返しがつかない類いの。

そう考えた国や企業が、力を持ちながらその使い方を見つけられていない者に稀少な素材を回収させるための手段として設営したのがこの組織の始まりと言われている。

この組織（以下、協会とする）にとって最も重要な役割は依頼主と退魔士の間を取り持つことにある。

協会が発足した当初は、依頼する際に一定の手数料が発生するため、依頼主が協会を通さないで直接退魔士に依頼するケースもあったらしい（というかそれが当たり前だった）。

ただ、その場合いざこざが発生した際には双方でなんとかしなくてはならなくなるし、なにより仕事を得られる退魔士が固定化されてしまう。

いざこざについてだが、過去に依頼主側が報酬をケチったり、反対に退魔士側が報酬のかさ上げを求めたりするケースなど、主に金にまつわる問題が多々発生していたらしい。

ほかにも、依頼主が依頼内容を偽っていたケースなども挙げられる。

たとえば、依頼料をケチった依頼主が、本当は該当する異界が深度三相当と知っておきながら、『深度二の異界を攻略してほしい』という旨の依頼を出すなどといったケースがままあったらしい。

依頼主からすれば経費の削減程度の認識かもしれないが、実際に異界に潜る退魔士からすれば文字通り死活問題である。当然嘘の申告をした依頼主に迫ることになる。

だがしかし、特殊な力を持つ退魔士が只人でしかない依頼主に本気で迫れば、退魔士本人にその気がなくとも依頼主はただでは済まない。

腕を掴めば腕の骨が折れるし、襟を掴めば首の骨が折れる。つまりは死ぬのである。

もちろん結果としてではあるが依頼主を害してしまった退魔士もただでは済まない。具体的には国が抱えている退魔士による懲罰部隊が組まれるそうだ。

結局、依頼主としては依頼料や手数料は削減したいものの、そのせいで殺されるのは御免被るということで、今や真っ当な依頼主は協会に依頼を出すのが常となっている。

また退魔士としても『騙された挙げ句、文句をつけたら懲罰部隊が派遣された』なんて話になれば面倒どころの話ではない。そのため「協会を経由せずに依頼を出すような依頼主は信用するな」

という風潮が生まれた結果、今では協会を通して依頼を受けることが常識として定着している。

こうして協会を間に挟むようになったことで、依頼主はモグリの退魔士にちょっかいをかけられたり、退魔士を名乗る怪しい宗教団体に不当に高い金額を請求されたりすることがなくなったうえ、成功報酬の支払いだけをすれば良いようになり無駄な出費を抑えることができるようになった。

退魔士は退魔士で依頼主に騙されることがなくなり、安心して仕事を受けられるようになった。

まさしくＷＩＮ－ＷＩＮの関係である。

まぁ一番の勝者は、異界に臨む退魔士を確保することに成功しつつ、依頼主から手数料を、退魔士からは税金を得ることに成功した国かもしれないが……まぁ、なんだ、別に誰も損はしていないのだから、この協会を設立することを決定した当時の政府や企業の判断は間違っていなかったといえるだろう。もちろん先に挙げたように、依頼先が一部の歴史と力を持つ退魔士の家の場合は国や企業が協会を通さずに直接依頼をすることもあるようだが、それに関しては例外事項である。

話が逸れた。俺にとって重要なのは、協会が『依頼をこなせる実力があればほかは問わない』という完全成果主義ともいえるスタイルを貫いていることだ。

おかげで俺はこの歳で【依頼】を受け、金を稼ぐことができている。

労働基準法？　青少年育成保護？

なにそれ美味しいの？

一般労働者や一般の子供を護る法律の重要性はさておいて。

「さて、なにかいい依頼はあるかねっと」

依頼自体は協会が運営する公式サイトでも検索できるが、往々にして依頼は直接協会の施設に足を運んだほうが良いものを得られるものだ。事実、深度一の依頼など、公開された時点で持っていかれるので、対象がよほど辺鄙《へんぴ》な場所でもない限りはネットで見つかることはない。

さらに、俺には自分では気付かないところに気付いてくれるアドバイザーが憑いている。

よって時間に余裕があるのであれば、多少遠出をしてでも直接依頼を探すのが一番効率良いのである。

『お、これなんてよさげじゃぞ』

こんな風にな。

④

「【急募。武蔵村山異界の魔石。単価三割増しにて買取！】ねぇ」

無意識に県外を除外していたな。

これを見つけてくれた神様様々である。

『そうじゃろそうじゃろ』

ドヤ顔している神様には後でお礼をするとして。

「依頼主は国防省の技術開発局で、武蔵村山異界の深度は二か」

悪くない。県外とはいえ場所的にも武蔵村山はここ入間市の隣なので、それほど遠いわけではないのも良い。

しかも求められている素材は一番ポピュラーな【魔石】だから計算も簡単。

単価も高い。基本的に深度二の異界で得られる【魔石】は一つ五〇〇〇円～一〇〇〇〇円くらいなので、その三割増しとなれば、六五〇〇円～一三〇〇〇円だ。

魔石の重さは大きいのでも一つにつき五〇〇グラム前後なので、今の俺なら一度で一〇～二〇個は回収できる。つまり一回で十五万円超えを狙える。

依頼主もはっきりしているので、報酬が値切られたり支払いが滞ったりすることもなさそうだ。

総じてかなり良い依頼に分類されるだろう。

問題はなんでこんな〝かなり良い依頼〟が向こうの支部で消化されずに入間の協会に貼り出されているのかってことなんだけど？

「どうしてこの依頼がこっちに流れてきたんです？」

気になったら知っている人《協会の職員さん》に聞いてみる。それが一番大事。

『聞くは一時の恥。聞かぬは即ち死、じゃからな』

殺伐しすぎ。でも間違ってはいない。

この業界では異界に関してだけでなく、全体的に無知＝死なのは常識なのだ。

「えぇっとですね。この武蔵村山異界は深度二の中でも強力な妖魔が出ることで知られていますので、率直に言ってあまり人気がないんです」

「あぁ。なるほど」

基本的に、深度二の異界を構築している妖魔、つまり主のレベルはウチの神様基準で一〇～一五である。

当然、レベル一〇の妖魔が創る異界と、レベル一五の妖魔が創るそれは、危険度も得られる素材の質も違う。この様子だと、武蔵村山異界とやらの主はレベル一五近くの妖魔なのだろう。

この場合、深度二の異界を稼ぎ場としている退魔士にとってはギリギリのラインだし、深度三以上の異界を稼ぎ場にしている退魔士にとっては得られる報酬が安い。

そこそこ質の良い【魔石】を欲しがる企業や組織が多いからか異界そのものは討伐対象になっていないのだろうが、リスクとリターンが釣り合っていないので異界そのものに人気がない。

なら軍の実働部隊を向かわせれば良いと思うかもしれないが、実働部隊は全国各地の異界に展開されていて余裕がないし、なによりあそこは部署ごとで予算の引っ張り合いをしているので、ほかの部署に貸し借りを作りたがらない。そのためこうして半官半民組織である協会に依頼が来るわけだ。

ここに依頼する分には税金を使っても怒られないからな。

『依頼を受けることによって生じる手数料も、原資が税金の場合は結果的に上層部で中抜きしとるようなもんじゃしな』

そう考えるとこういった依頼も、協会という天下り先が先細らないように定期的に出されるものと言えなくもないかもしれない。

『ややこしい言い草じゃのぉ』

奥ゆかしいと言ってほしい。

『どっちでもええわ』

それについては同感。

まぁなんにせよこの依頼がここに来た理由が、リスクとリターンのバランスが取れていないせいというのであれば、俺にとっては〝おいしい依頼〟であることが確定したわけだ。

なにせ今の俺のレベル的なアレは神様曰く五五相当。

本来であれば深度四や五に潜っていてもおかしくないレベルである。

生まれる前から神様が憑いているのは伊達ではないのだ。

そんな感じなので、高くてもレベル一五相当の妖魔に後れを取る可能性は極めて低い。

『極めて低いっつーか、深度二程度の異界ならば油断しようが慢心しようが掠り傷一つ負わんよ。警戒するとしたら石かなにかに蹴躓いて足を捻ることくらいじゃろうて』

そういうことらしい。

問題も障害もないのであれば依頼を受けるべきだろう。

この依頼はいわゆる常設の依頼ではないので、依頼を受ける旨を受付に伝えたうえで、受注書を発行してもらう必要がある。これがないと、たとえ武蔵村山異界で回収した【魔石】であっても割り増しで買い取ってもらえない、もしくは安く買い叩かれてしまうので注意が必要だ。

『嫌な、事件じゃったのぉ』

あのときの俺は若かった。

無知とは罪、知とはすなわち力。

基本は大事。ルールは守れ。

退魔士とか関係なく、社会人としての常識である。

「お、いたいた！　お嬢、見つけたよ！　にしおー！　異界に行こうぜー！」

「……」

『面倒なのに見つかったのぉ』

「あれ？　にーしーおー！　聞こえてるだろー？」

公共の場で大声を出してはいけない。

「にーしーおー！」

ましてやその大声で人の名前を呼んではいけない。

社会人としての常識である。

# 2　友人その1とその2

①

「にーしーおー、異界に行こうぜー」

まるで幼馴染みが野球に誘ってくるかの如く、極々自然に俺を危険地帯に誘おうとしている人物は、俺の実家がある町から二つほど離れた町に建てられている神社の娘さんこと鷹白環《たかのしろたまき》である。

年齢は俺と同じ十四歳。

身長だいたい一五五センチくらい。

髪は赤みがかった黒のショートカットで、目の色も赤みがかった黒。

健康的な外見に加え、男勝りな口調やはすっぱな態度を取ることが多いため周囲からはバリバリの体育会系だと思われているが、それは世を欺く仮の姿。その実態は家族と弟を愛し、幼い頃に貰ったぬいぐるみをこよなく大事にしている苦労人のお姉ちゃんである。

そんな苦労人の彼女と出会ったのは二年ほど前のこと。

当時は妖魔と戦えるレベルになかった彼女だが、困窮する家計を前に「妖魔に遭わなければ大丈夫」を合言葉に異界へと潜ることを決意したそうな。

だが、当たり前というかなんというか、ろくに隠形の技術を鍛えていなかった彼女はあっさり妖魔に見つかってしまう。

己に死を齎《もたら》すであろう妖魔を前にした彼女は一目散に逃げた。

悲鳴やら涎やら涙やら小便やらを大量に撒き散らして逃げた。

そこに偶然通りかかった——子供の大声が聞こえたので見に行った——俺が件の妖魔を討伐して助けたのが俺と彼女の馴れ初めである。この経緯があったからか、彼女からはかなり懐かれている。

『懐かれているっつーか〝これは自分のモノだ〟と主張しとるようにしか見えんがの』

それは気のせいでは？

で、懐かれたからこそわかるのだが、彼女は常にこのような言動を取っているわけではない。

本人曰く、普段は外で舐められないようにするためにあえて、こういった態度を取っているんだとか。

『ギャップ萌えじゃな』

それはどうだろう。ギャップ云々はともかくとして、実際この業界——正確にはこの業界に限ったことではないが——において第一印象で舐められて良いことなどなにもない。

むしろ退魔士には内向的な人が多いので、少しくらい攻撃的なほうが面倒事を避けられるのである。もちろん誰彼構わず噛みつけば大怪我を負うことになるが、その辺は空気を読めばなんとかなるものだ。つまり彼女は空気を読んだうえであのような行動を取っているのである。

「にーしーおーさーん」

空気を読んでいるはずの彼女が連呼しているニシオとは、俺の家の名字だ。漢字だと西尾。

地元では『あそこの神社の息子さん』で通っている俺だが、名字くらいはあるのである。

ちなみに名字の由来は、ウチの神社の祭神が白蛇様であることと、本社（本家のようなもの）がウチから見て西にある、つまり頭が東で尾が西を向いていることから来ているらしい。

『本社がどの方向にあろうが妾の頭の位置が変わるわけではないがの』

その辺の文句は俺ではなく当時の人間に言ってほしい。ちなみのちなみに、俺の名前は暁秀《あきひで》。つまり俺のフルネームは西尾暁秀となる。

「あーきーひーでー」

ちなみのちなみのちなみに、退魔士に限らず、魔力的な力を持つ存在にとって名前とは特別な意味を持つ。よって、公共の場で他人のフルネームを大声で叫ぶような輩は周囲から忌避されることになる。というか、人や門派によっては戦争一直線という危険行為である。

『ふ……ふざけるなよ……！　それを口にしたら……戦争だろうがっ……！』

もっとも俺の場合は事情が少し違う。

もし俺の名前を耳にした輩がいたとして、そいつが名前を辿って俺に呪詛《じゅそ》を仕掛けてきた場合、隣で顎を尖らせている神様がオートで防いでくれるのだ。

なんなら逆探知したうえで倍にして返してくれるまである。

『倍返しじゃ！』

うん。そうね。お返しは大事。

ついでにその呪詛を解除することで相手に恩を売ることもできる。もちろん有料だが。で、この呪詛返しが繰り返された結果、少なくとも入間近辺で俺に呪詛を仕掛けてくる奴はいなくなった。

なお最初の被害者は名も知らぬ協会の職員である。

幼いながらも定期的に深度二で取れる【魔石】を納品していた当時の俺が、つい深度三の異界で回収した【魔石】を提出してしまったことがあった。

そのせいだろう。俺がどうやって【魔石】を得ているのか興味を抱いた協会の職員が、なんらかの術を使って俺を探ろうとしたために呪詛返しが発動したのだ。

好奇心は猫をも殺すという言葉を知らないのかな？

なんでも俺を調査しようとした職員とその職員に俺を調査するよう命じた上役は、数日間極めて強い呪いに苛《さいな》まれた挙げ句、両者ともに片方の目が見えなくなったらしい。

怖いですねぇ。恐ろしいですねぇ。

『他人のプライバシーを覗くのは犯罪じゃて。妾はそんなことすら理解できておらなんだ頭の悪い輩に教えてやっただけじゃよ。常識ってやつを、の』

人を呪わば穴二つとはよく言ったものだ。

もちろん今に至るまで、その職員からも上役からも協会そのものからも抗議や報復をされたりはしていない。

『そりゃの。いくらなんでも「術を使って覗こうとしたら反撃喰らって片目を失いました。賠償を求めます」なんて言えるわけないからの』

そういうことだ。

「にーしーおー。あーきーひーでーさーん」

で、問題はさっきから俺の名を連呼している少女なんだが。

『ありゃ確信犯じゃからなぁ』

苦笑いしている神様曰く、ああやって俺の名前を連呼することで彼女は『自分はそれを許されているくらい親しい存在なんだぞ』と周囲にアピールしているらしい。

『ついでにお主に負い目を作って「ごめんなさい！　この責任は働いて返します！」ってやるためのものでもあるの』

なんというマッチポンプか。

事実、俺としても彼女の家——具体的には家計簿——がどんな状況に置かれているのかを知っているため、今更名前を呼ばれた程度でどうこうするつもりはないと本人に明言している。

ただ、許可を貰っているからといってここまで明け透けに実行できる人間はそうはいないわけで。

『だからこそ、じゃな。寄るなら大樹。巻かれるのであれば長いモノ。中途半端が一番いかん。あやつはそれをしっかりと理解しておる』

俺としてもそうだが、神様的にも腹の内を隠して近づいてくる輩より、ああして正面から来る人間のほうが好ましいらしい。

つまるところこれは、俺たちが周囲の連中に本名を知られることを忌避していないことを知っているからこそできる距離の詰め方。言うなれば彼女なりの処世術というやつなのだ。加えて、彼女が頼りにしているのは俺一人ではない。

「あ、あの。いつも環さんが申し訳ございません……」

環が出している騒音に紛れて近づいていたのだろう。

大声でフルネームを連呼している友人の所業を謝罪してくるのは、青みがかった黒髪と同じ色の目が特徴的な小柄な少女。弱々しい物腰と小柄な体躯で侮られることもあるかもしれないが、少し見ればその身に纏っている空気が俺や環とは明らかに違う。

多少でも見る目があれば、軽々に侮ってよい存在ではないとわかる程度には〝違う〟少女。

『着ている服の質が違うからのぉ』

そうなのだ。明らかに高いのだ。

いつの時代も金持ち＝強者なのだ。

侮るなんてとんでもねぇ。

「あ、あのぉ……」

この、一見弱々しいが、俺たちが着ている服の数倍はするであろう価格の服を普段着にしていても一切違和感を覚えないほどのお嬢様である彼女こそ、何気なく行われる所作の中にもある種の気品が見え隠れするせいで同い年なのに〝さん〟付けしたくなるお嬢様にして、そこにいるだけで俺たちとは生まれた世界が違うと教えてくれるお嬢様にして、俺を見つけた際に環が『お嬢』と呼んだ正真正銘のお嬢様、中津原早苗《なかつはらさなえ》さんである。

②

早苗さんこと中津原早苗さんは、我が西尾家が神主を務める神社の本社に相当する神社において、代々神主を務めている名門、中津原家の長女である。

本来であれば住む世界が違う、それこそ雲上人であった彼女と出会ったのは一年ほど前のこと。

珍しく神様から『今日はあそこに行ってくれ』と言われて入った異界で【魔石】と妖魔を求めて探索している最中、なにやら変な連中が行っていた変な術式によって変な蛇の化け物の苗床になりかけていた彼女を発見してしまったことに端を発する。

『マトォォォォ！（Cv堀川りょ◯）』

蟲でも少佐でもないが。

まったく、本神様が俺の横にいるというのに彼らは一体ナニに彼女を捧げようとしていたのやら。その際に蛇の化け物を退治したり、早苗さんの家族に色々やった結果、絶体絶命の状況から救助された早苗さんは俺に心を開いてくれたわけだ。

『心を開いたっつーか。絶対に逃がさん！　って執着しとるようにしか見えんがの』

気のせいでしょう。一歩間違えれば俺に依存しそうになっていた以前の早苗さんならともかく、今の彼女は一人ではない。

幸か不幸か、俺が早苗さんと知り合う以前から付き合いがある少女、つまり環と良い友人関係を構築したことで、今は多少内向的な少女という形に収まっているのだ。

『友人関係っつーか、お主をシェアする協定を結んだだけでは？』

シェア俺 is 何？

それはそれとして、早苗さんの言動の節々に俺らとは違う品性が見えるのは、中津原家の連中が対外的な面子を気にしたため、名門の子女として外に出しても恥ずかしくない程度の教育を施されていたからだそうな。

『育つまではお人形で、育ったら人柱とは。踏んだり蹴ったりとはこのことよな』

まったくだ。体格が小柄なのは遺伝……ではなく、元々人柱にする予定だったので不浄の食べ物――甘いモノとか脂っこい肉――を制限されていたからである。

『どうせ喰らうのであれば丸々太っとるほうが食いでがあるんじゃがのぉ。いや、あんまり脂っこいのはアレじゃが、そもそも妾が脂っこいと表現するとなると余程のサイズじゃからの。小娘がどれだけ肉をつけようが心配する必要はないぞ』

蛇ですもんね。つーか神様って人柱なんていらないでしょうに。

『まぁの』

神様に言わせれば、神と呼ばれる存在にとって【信仰】とは、生物にとっての酸素のようなものなのだとか。それ無かったら駄目じゃないかと思うかもしれないが、世の中には酸素の量が少なくとも生きていける生き物がいる。

それと同じように、自身が存在するための養分を【信仰】以外のモノで賄えることができている神様からすれば、有象無象の存在から向けられる【信仰】なんて必ずしも要るものではないとのこと。

『ま、オヤツみたいなもんじゃな』

そういうことらしい。

付け加えるのであれば、今の神様は嗜好的な養分を俺から吸収し、栄養的な養分を異界にいる妖魔を丸呑みすることで得ているので、人間一人からなる人柱など本当の意味で必要としていないのだ。

『不要必要は別として、妾の名を呼びながら捧げる先が妾とは関係のないやつじゃったからな。あれはいただけぬわ』

たとえるなら神様の名前を連呼しながらまったく関係ない他人にオヤツをあげているようなものだ。

神様からすれば手の込んだ嫌がらせだわな。

中津原家の人たちもこの事実を知っていれば、神様の使徒を騙る蛇の化け物に家の子女を与えるような真似はしなかっただろう。

しかしながら、俺と神様がこんな感じなので勘違いしがちになるが、いくら神と人間の距離が近くなった時代とはいえ俺のように神様とはっきりと交信できるケースは稀、というかほとんどない。

だからこそ、供物を捧げる側と供物を受け取る側で発生しているすれ違いを理解できず、二〇二〇年代になった今も無意味な人柱を捧げようとする中津原家のような家が存在するのだ。

早苗さんとしては一歩間違えば無駄に命を散らしていたことになる。

それを〝すれ違い〟で片付けられては堪ったものではないだろうが、悪いのは供物を受け取る側ではなく、捧げる側であることは退魔士的な常識。

今回のケースで言えば、神様の意をしっかりと伝承できなかった中津原家が悪い。

『そうじゃ！　一〇対〇で中津原家が悪い！』

交通事故か。

俺たちに損害賠償を請求されても困るから責任の比率をはっきりさせるのは悪いことではないが。

『じゃろ？　じゃから妾は悪くない！』

うん。そうですね。即物的な責任の割合比率はさておくとして。

中津原家で行われていた人柱云々が発覚したとき、神様はその場で一時的に顕現し、その場にいた連中全員に説教をかました。

代々祀っていた神様から直々に説教を喰らった中津原家の前当主――つまり早苗さんの父親――は、神の意に反した行為を行った責任を取って隠居。彼の後に中津原家を継ぐはずだった早苗さんの兄や、彼らを支えていた分家の当主たちも『思想が偏っている』と判断されて軒並更迭された。

もちろんこの処置に反発した連中もいた。

その連中はどうなったかって？

『む？　あやつらならベッドの上で仲良く寝ておるぞ』

霊障治療を専門にしている病院の中に作られた特別病棟と呼ばれる隔離病棟に設置されたベッドの上で寝ているらしい。

見たことはないが、その病棟にはめちゃくちゃお札が貼られているのだとか。

隔離病棟の景観はともかくとして、なんとも罰当たりなことに神様の下した処置に反発した連中は、今もそこで苦しみに悶えているそうな。

『これこそ神罰じゃよ！』

本当にそうだから怖い。

で、現在中津原家の当主は、生まれたときから将来の人柱として遇されていた早苗さんを一族の中でただ一人ニンゲンとして扱っていたという彼女の父の姉、つまり伯母に当たる人物が務めている。

しかしさすがは名門中津原家。この継承についてもひと悶着があった。

名門が持つ権益を求めて……ではなく『宗家の直系であり、神様に存在を認識されている早苗さんこそ当主にするべきではないか？』という、ある意味では至極真っ当な意見を主張したものだから、質が悪いというべきか真摯というべきか。

もっとも、それも当人同士の話し合いによって平和裏に幕を閉じたらしいけど。

早苗さんに『あのとき伯母さんとなにを話したんです？』と聞いても彼女は一向に教えてくれないので、真相は闇の中である。だが、まぁ、他家の相続に関することに口を挟むのはご法度だし。なにより一度助けた少女がこうして実家から離れた人間まで出てこられる程度には自由にやれていることがわかっているだけで十分である。

『いや、当主になったら将来家を継ぐことになるお主と個人的な繋がりが絶たれるから、嬢ちゃんが拒否したんじゃろ？　伯母としては姪の恋愛を応援する気持ちじゃろうな。もちろん中津原の家長としても、妾と繋がりのあるお主の種は絶対に欲しいじゃろうからの。そりゃお主の家の傍にアパートを建ててそこで生活させるわい』

生々しい話はやめるんだ！　早苗さんはまだ十四歳のお嬢さんなんだぞ！

『鈍感系は流行らんぞ？』

鈍感じゃないですー。あえて見ないようにしているだけですー。

『もっと質が悪いわ』

おおっと（唐突）。もうこんな時間だ。

このままだとお金稼ぎに支障が出てしまう。

じゃけん、さっさと仕事の話をしましょうね〜。

③

色々と横道に逸れたが、環が振ってきた話題の本題はあくまでお仕事に関することである。

早苗さんはどうか知らないが、俺や環が協会に出入りしている理由が生活に必要な金を得るためなのだから世間話よりも仕事の話を優先するのは当然のことだ。

それに鑑みて、今回環の持ってきた依頼はなんか金になりそうな匂いがするので、ほかの人に聞かれることがないよう別室に移動してから話を再開する。

「で、異界に行くって？」

「そうそう！　見てよこれ！」

テンション高めに差し出された紙は、新しくできた異界を攻略してほしいという旨の依頼が記載されている依頼書であった。

「ほほう。場所は横瀬。できたのは先週。予測される深度は二。報酬は一五〇万、か」

「ぱぱっと行って帰ってくるだけで一五〇万だよ！」

『軽いのぉ』

異界の攻略という一般の退魔士からすれば難事にほかならないことも彼女にとってはそうではないらしい。その豪胆さには神様も思わず苦笑いせざるを得ない。

「環。ぱぱっとやるのは暁秀様ですよ？」

「それはそうなんだけどさぁ」

訂正。彼女は自分でやるのではなく俺を使う気満々だった。

『効率的で良いではないか。己を弁《わきま》えるのは大事なことじゃぞ』

それはそう。ここで「絶対に私がやる！」と我儘を言われても困るだけだし。

ちなみに国や退魔士にとって異界とは鉱山に等しい存在である。

故に、新しい異界が発生するということは、新たな稼ぎ口が発生するということと同義である。

よってなにも知らない一般の人たちは、新たな異界の発生は関係者から諸手を挙げて喜ばれるものと思うかもしれない。

もちろんそういう一面があることは否定しない。

調査の結果次第だが、妖魔を討伐するよりも存続させたほうが利益が上がると判断された場合は、協会や退魔士に対して攻略しないように通達されることがある。だが、そうでない場合。つまり、リターンよりもリスクが大きいと判断された異界は即時攻略が求められる。

その理由としては、単純に人員が不足しているからだ。

大前提として、退魔士とは専門知識と専門技術を以て異界という名の鉱山に臨む専門職だ。ましてこの業界は、知識はなんとかなるとしても技術に関しては才能がモノをいう世界である。よって、簡単に人員を増やすことができない。

事実、今だって隣県から採取依頼が来る程度には人が足りていない状況だ。

こんな中で新たな異界《鉱山》が見つかったらどうなるだろうか。

新しい狩場だ！　と喜び勇んで潜る？

マッピングも終わっていない異界に？

主の強さも判明していない異界に？

できたてのせいで【魔石】もなにもない異界に？

協会が派遣した調査員から「少なくとも深度二以上」と判断された異界に？

潜るはずがない。

退魔とは趣味でもなければ生き様でもない。金を稼ぐための手段なのだ。

よって退魔士を名乗ることを許されるような人間が、リスクだけ大きくてリターンのない異界に潜ることなどありえない。それと同時に、放置することもありえない。

なんの拍子で中から妖魔が出てくるかわからないし、なにより行政側が一般市民の皆様から『利益にならないならなんとかしろ！』とせっつかれるからだ。

いかに選挙のとき以外に頭を下げることがない政治家とて、地元の有権者、それも後援会の会長などからせっつかれれば動かざるを得ないのである。なので、できたての異界を攻略してほしいという依頼が入るのはおかしなことではない。

この依頼を神様が見つけられなかった理由は、単純に貼り出しをしていないからである。

行政、それも地方自治体が絡む依頼は緊急性が高いのと失敗が許されないケースが多いので、深度二の異界で細々と稼いでいるような一般の退魔士が閲覧できるような場所に依頼書が貼り出されることはないのだ。

『失敗しても許されるケースのほうが少ないがの』

そもそも失敗したら死にますからね。

深度二の異界でしか活動できない退魔士だって貴重な人員なのだ。簡単に減っては困るのである。で、その失敗が許されない依頼を対外的にはしがない神社の娘さんでしかない環が持ってこれたのは、もちろんこの場におわすお嬢様、早苗さんのおかげだ。

「最初は中津原家に依頼が来たんですけど、向こうにはすぐに動ける人がいないみたいで、私のところに連絡が来たんです……」

早苗さんはこう言っているが、実際は向こうの当主が彼女に『異界攻略の実績あり』という箔をつけるために依頼を回したのだろう。そうでなければ、中津原家だって彼女に依頼を持ってくるはずがないからな。

『お主との仲を深めさせるためじゃろ』

それは穿《うが》ちすぎだと思う。いくらなんでも命が懸かる依頼でそんなことを目論むとは思えない。

『お主がいる時点で〝命懸け〟にはならんじゃろうが』

油断慢心はいけない（戒め）。

『ちなみに今のところ環のレベルは二一相当で、早苗のレベルは二四相当じゃからな』

それなら深度二で死ぬことはないね（手のひらドリル回転中）。

っていうか、そうか。出会ったときは八くらいしかなかった環と、一〇くらいしかなかった早苗さんもそこまで強くなっていたか。

『こいつらは妾が育てた』

事実だからなんとも言えない。

『この時点で深度二の異界なら楽勝なんじゃけどな。三人で勝てないはずがないじゃろ』

負けるかもしれないでしょ。

それに【探索】ならまだしも、【攻略】となると万が一があるのでは？

『あぁそういえばあったの。内側から弾け飛ぶ可能性が』

そうそれ。それがあるからこそ彼女らは、本来であれば自分たちだけでも攻略できるであろう依頼に俺を誘うのである。

『絶対に攻略の後のアレを楽しみにしておると思うがの』

気のせいじゃないですかね。ともかく、この依頼なら三人で割っても五〇万円になる。武蔵村山まで行って、せこせこと石を拾って一〇万円になるかどうかの依頼なんて比較対象にすらなりゃしない。

だから俺は今も期待の目を向けてきている二人にこう告げるのだ。

「いいよ。この依頼を受けよう。一緒に来いよ」と。

『おかのした！』

いや、神様はずっと一緒だから。

帰ってどうぞとは言えないんだよなぁ。

④

異界が発生したとされる横瀬までの移動方法はもちろん電車。

実のところ早苗さんからは車を用意すると言われたのだが、贅沢に慣れるのは危険だということで最寄りの駅から異界があるところまで歩いていくことにしたのだ。

『これはまさか……デート⁉』

残念ながら目的地まで歩くのは、異界から出てきた魔物がいないかどうかを確認するため。つまり仕事です。

『向こうはそう思っとらんようじゃがの』

「ふんふふん。ふんふふん。ふんふんふーん」

環ェ。仕事だというのに、環は朗らかに〝言うことを聞かない悪い子を夜中に迎えにくる妖怪を讃えるようなメロディ〟を口ずさんでいる。

『最後のアレはどう表現するつもりなんじゃろか？』

変なところに興味津々な神様はさておくとして。あの緊張感の欠片も見られない彼女は、自分がどこに向かっているのかを理解しているのだろうか？

『ほん？　所詮は深度二の異界じゃろ？』

あぁ。神様もそう思っていたのか。それじゃあ環を叱れないな。

『違うのかの？』

違う、とも言い切れないけど、深度二の異界とも断言できないんだよなぁ。

神様にとってはこれから向かう異界の深度が二だろうが三だろうが同じ雑魚ですから意味はないのかもしれませんけどね。俺たち、特に環にとっては他人事じゃない。

『なんじゃそりゃ？』

神様は依頼の内容を覚えていますか？

『あー、確か〝場所は横瀬。できたのは先週。予測される深度は二。報酬は一五〇万〟じゃったか』

そう。その通り。

あくまで予測されている深度が二なのであって、実際の深度は三以上である可能性もあるんです。

『お、そうじゃな』

基本的に異界の調査をする調査員は協会が用意する。当然経験豊富な人が割り当てられるが、それだって深度三に潜れる人から深度二が限界な人もいる。本当にピンキリなのだ。

『ピンとキリの間が狭すぎぃ』

深度四以上は本当に選ばれた人しか入れないからしょうがないね。

そもそも深度四に潜れる人は協会に所属する必要がないし。

『自前で稼げるからの』

そういうことなので、最初は深度二の異界を調査できる程度の人間が派遣されることが多い。

その人が普通に調査できるのであれば、その異界の深度は二と認定される。

その人ではきついと判断されるようなら、深度三と仮定して上級者を派遣する。

そうして送られた上級者が一目見て無理と判断されるようなら深度四以上。専門家に依頼する。

概ねこのような感じである。

これで見れば「今回向かう異界の深度は二で良いんじゃないのか？」と思うかもしれないが、あにはからんや。異界の深度を認定する調査員が見るのは異界の広さと出現する妖魔の強さだ。

しかしながら、できたての異界は広さが拡張の途上なうえ、妖魔の数も限りなく少ないので深度二と三の区別をつけるのが難しいのである。

『主を確認すれば一発でわかるんじゃがな』

協会もその方法が一番確実だとは理解しているものの、その方法を取った際「主を見てみたら深度三相当でした」と判明した時点で、時すでに遅し。

『協会はショック！　……調査員はもう、死んでいる』

そう。今のところ愛で空を堕とせるニンゲンは確認されていないし、大魔王ならぬ異界の主から逃げられないわけではないが、大半の場合は死ぬことになるのだ。

当然協会としても経験豊富な退魔士に死なれては困るということで、できたての異界の深度にはどうしても憶測が混じってしまうのである。だからこそこういう依頼は、不測の事態に対応できる人員を抱えているであろう名門に回されるのだ。

『ふむぅ。たとえ深度三の異界であっても今のこやつらであれば簡単には死なぬ。じゃが油断しとったら死ぬわな』

その通り。簡単に死なないだけで、死ぬときは死ぬのだ。油断しているなら尚更である。

もちろん俺は例の異界の深度が三相当であったとしても死なないが、彼女たちは違う。俺とて彼女たちを四六時中護れるわけでもないからな。

『色々あるからの。排泄とか排泄とか排泄とか』

うん。年頃の女の子のトイレには近寄れないからね。そこでやられる可能性が一番高い。

だがトイレエチケットのせいで彼女たちが死んだり、二人が死んで俺だけが生き残ったりした場合は寝覚めが悪い。というか面倒なことになる。

『どうして……どうして助けてくれなかったんディス⁉』

そんな感じで責められそうだね。特に環のご家族の方に。

早苗さん？　中津原家は名門としての覚悟が決まっているので大丈夫。

それに人柱にしようとしていた時点でアレだし。

死んだことに文句を言われても……ねぇ？

『どの面下げてって感じじゃよな』

その通り。まぁ中津原家と繋がりはあったほうが良いので、死なないに越したことはない。

なので警告はちゃんと二人にする。聞き入れないようなら「勝手に死ね」となるが、彼女たちはそういうタイプじゃないからな。

「あーそうだね」

「確かにそういう可能性もありますね」

素直なのは良いことだ。特に環はな。彼女は自分が死んだら家族も一緒に死ぬことを知っている。

殉死とかではなく経済的な事情で。

『そこに愛はないんか？』

家族愛はあるだろう。早苗さんの場合はそんなのないけど。

『そりゃの。自分を人柱として育てていただけじゃなく、捧げる相手を勘違いしておったような阿呆どもに愛情を抱けるのであれば、それこそ異常じゃろうて』

俺もそう思う。人柱云々は退魔士の家系であれば許容できるかもしれないが、それだって確たる意味があればこそである。

自分たちが、先祖代々祀ってきた神様とは全く関係ない妖魔の性欲と胃袋を満たすためだけに捧げられてきたなんて誰も救われない事実を知った早苗さんはもちろんのこと、その事実を知らずに妖魔にいじくり回された挙げ句、腹の中に消えていった歴代の人柱さんだって、知れば自分を人柱にした一族を呪うに決まっている。

妾『なんかよくわからん蛇は死んだ。生き残った連中の大半はベッドの上。もう呪うだけで殺せる。行けよ被害者。人柱としての覚悟なんざ捨てて、襲いかかれ』
妾『楽に殺しちゃつまらんじゃろ？　短剣を突き立てて、連中が苦しみもがいて死んでく様を見るのが望みじゃったはずじゃて』
人柱『野郎オブクラッシャー！』

唐突に始まった一人芝居。でもそれだと人柱が負ける側ですけど？

『残念じゃったな。トリックじゃよ』

それでなんでも片付くと思ったら大間違いだと言いたい。

こんな感じで神様と交信しながら環や早苗さんと歩くこと数分。

今日の目的地に到着である。

「ここだね！」

「そのようですね」

一見ただの畑にしか見えないが、見る者が見れば空間に歪みができているのがわかる。

『ここが幻想郷の入り口よ』

スキマ妖怪は帰ってどうぞ。

ただの畑にしか見えないなら一般人が迷い込むかもしれない？　大丈夫。

その辺は協会の調査員が人払いの術式を施しているので、一般人が入り込むことはない。

『退魔士としての能力があることを自覚していない逸般人なら話は別じゃがの』

なにその主人公みたいなやつ。ちょっと見たいかも。

実際には退魔士としての技術を鍛えていない素人では、調査員として派遣される程度には鍛えている退魔士によって施された術式を破ることはできないけどな。

『それこそ妾みたいなのが憑いておれば話は別じゃがな』

フラグっぽいのがばら撒かれました。絶望したので異界に行きます。

「じゃ、行くか」

「うん！」

「はい！」

二人の気合も十分。

「では異界への扉を……環。頼む」

「了解！」

異界に入るためには退魔士としての力を以て空間の歪みに干渉する必要がある。

異界の主はその際、自分の世界に干渉してきた相手の力量を知ることができるらしい。

『なんとなく、じゃがな』

異界の主になれるような妖魔は総じてずる賢いところがある。よって多少力に差がある程度であれば、向こうは罠を張るなり配下を差し向けて侵入者を疲労させせつつ、戦闘方法を解析して対策を練り、あの手この手を使って侵入者を殺し、己の血肉とするのだ。

だが、どうやっても勝てない相手が来た場合、彼らは戦わないことを選ぶ。

具体的には、普段なら異界の主として最奥に居座っているはずの妖魔が異界の片隅に逃げようとする。もしくは異界の中に出没する一般の妖魔に交じって敵の目を誤魔化そうとすらするのである。

『リアル逃亡中（五敗）』

奴ら、プライドないんか。

『あるにはあるじゃろうが、命が大事じゃけぇ』

そこはもう少し頑張ってほしい。

『死んだらそこで試合終了じゃぞ？』

わからないではないけれど。妖魔でしょ？

それはそれとして、おふざけはここまで。

ここから先は油断すれば簡単に死ぬ危険地帯だからな。

『ふざけとったのは妾とお主だけじゃったような気が……』

気のせいでしょう。

「開くよ！」

さぁ、異界探索の始まりだ！

⑤

「ヨシッ！　開い……た？」

「油断せずに行きましょ……え？」

『ギュォォォォォ……ォ？』

　環が異界への扉を開けると、そこには深度二の異界には絶対にいないであろう大きくて強そうな、そう、五メートルくらいの赤くて筋肉モリモリマッシブな妖魔がいた。

『……！？』　←侵入者に襲いかかろうとしたがなにかにビビって固まった妖魔。

「「……！？」」　←なにかにビビる妖魔を見てビビって固まった環と早苗さん。

『ところでお主よ。目の前のアレを見てくれ。アイツをどう思う？』

　凄く、というほどでもないけどそこそこ大きいです。

『……！！！』　←二度見して目に映る全ての光景が嘘でないと確信した妖魔。

「「……！！！」」　←なにかを確信した妖魔を見て目に映る全ての光景が嘘でないと確信した環と早苗さん。まるで時が止まっているかのようだ。

『なるほど・ザ・世界まるごとハウマッチ！　……そして時は動き出す！』

　時は金なり。商売、商売。

「「キャァァァァァ！！」」　←予想もしていなかった化け物がいたことに驚いて固まっていたが、ようやく金縛りが解けた環と早苗さんの声。

『グギャァァァァァァァァァァァァ！！』　←小癪な侵入者に奇襲を仕掛けようとしたものの、その横に明らかに位階の違う存在がいたことに驚いて固まっていたが、ようやく金縛りが解けた妖魔が必死にナニカを訴えている声。

ふと、ジャイアントなチョコ菓子を食べている大きなのっぽのプロレスラーさんのことを考えていたら、なぜか異界の入り口に妖魔と二人の少女の叫び声が響き渡っていた。

『ヘールシェイク』

なにを言っているかわからない？　大丈夫だ。俺にもわからん。

少なくとも超能力や超スピードは関係ないと思う。

『この状況を一言で言い表すならば……そう、カオス！』

そうね。こんなとき俺はどんな顔をしたらいいのだろうか？

『嘲笑《わら》えばいいと思うぞ？』

ごめんなさい。苦笑いしかできそうにない。

それであいつはどんな妖魔なんです？

なにか情報があるのなら欲しいのですが。

『ん？　あぁ、アレは狒々《ひひ》、いや、猩々《しょうじょう》の一種じゃな』

ほほう。猩々ですか。

狒々は老いた猿が成る妖魔で、猩々はオランウータン系の魔物である。総じて猿系。

猿系の妖魔は、ずる賢いといわれる妖魔の中でも特に注意が必要とされるほどの賢さを誇る妖魔だ。

特に猩々は、元がオランウータンということもあって非常に知能が高く、肉体的な強度は狒々よりも上とされている。

『推定レベルはおよそ三〇。ふむ。こやつがこの異界の主の可能性があるぞ』

その場合、ここは深度三の最上級クラスか。

もしくはここがレベル三〇相当の妖魔が雑魚として出てくる異界、つまり深度四以上の異界である可能性もあるかも？

『あぁ。ラスダンの雑魚は序盤のボスより強いからのぉ』

こいつ一匹を見て深度を測るのは危険だな。

あと、こいつがここにいる理由だが、答えは簡単。

『そうは言っても〝簡単〟が答えじゃないぞよ』

意地の悪いなぞなぞかな？

ともかく、こいつの狙いはもちろん俺たちを奇襲することだろう。

おそらく自分の世界への干渉を受けたことを知ったこの異界の主が、開幕一番で奇襲を仕掛けようとした（もしくは、させた）のだと思われる。

『前触れもなくノックしてもしもーしなんてやられた挙げ句、勝手に家に入られたようなもんじゃて。そらこの異界の主とてキレるわ』

新事実発覚。異界は家だった。

ということは、今の彼は家に不法侵入してきた輩を追い払おうとしたが俺という想定外がいたため奇襲に失敗した間抜けな自宅警備員ってところか？

『そりゃ（入り口への干渉から相手がレベル二〇～二五相当だと踏んでおったところ、実際は五五相当の奴がおったら）そうなるわい』

そうかな？　そうかも。状況的には向こうが完全に被害者だな。

『吉良のじい様になんの恨みがっ！』

赤穂浪士は加害者。はっきりわかんだね。

しかし、気になる。

『見たことない木じゃな』

異界の木ですから。

あの遠くに見える木がどんな花を咲かせるのかも気になるが、喫緊の問題は最低でも深度三の最上級に分類されるであろう異界が深度二と報告されたのはなぜかという話だ。

『調査員がたまたま妖魔と接敵しなかった……では説明がつかんか』

ええ。深度二と三の見分けが難しいとはいえ、調査対象が深度三の最上級に分類される異界であればいくらなんでも雰囲気でわかるだろう。

『怪しいのぉ』

ですね。少し調べる必要があるようだ。いや、目の前にいるアレを尋問してみるか？

知性に定評がある猿系の妖魔で、尚且つあのレベルであればこちらの言葉もわかるはず。

『ッ！』

「あっ！」

「逃げる⁉」

「ちっ」

俺に狙われたのを見て取ったのか、猩々はようやく戦闘態勢を取りつつある環と早苗さんに一瞥もくれずに逃げ出した。さすがは妖魔の中でも知能が高いと謳われるだけのことはある。判断が早い。

『逃げ足も三倍じゃ！』

赤かったですもんね。

それはそれとして。

「いったん帰るぞ」

アレを追うのも面倒だし、なにより金にならないからな。

『殺すのは簡単なんじゃがのぉ』

仮にアレが異界の主だった場合、殺したら異界が消滅してしまう。

だが、協会がこの異界の深度を再調査する前に消滅されたら困る。

なぜか。たとえこの依頼の裏になにがあろうと依頼自体は正式に受理されたものだからだ。

故に俺たちは、この異界の深度が二相当ではなかったことが判明した現段階で、協会に「ここの深度は少なくとも三以上でした」と報告をしなくてはならない。

『そうせんと、ここの連中を討伐しても深度二相当の報酬しか貰えんからのぉ』

そうなのだ。現在の依頼の報酬額は一五〇万だが、深度三の攻略報酬は五〇〇万以上が相場となる。最上級なら二〇〇〇万だ。文字通り桁が違う。

「一〇万ドルをポンッ☆と払わせるぞ」

一ドル一三〇円で計算したら一三〇〇万円。相場といえば相場である。

『でもあやつを殺せと言われたら……タダではやらん』

特に恨みとかないからね。

もちろん今のままでもタダ働きではないし、依頼の裏を探る前にそういうのを全部纏めて潰してやりたい気持ちもある。あるのだが、不当に安く使われるのは御免だ。

『このままでは協会が丸儲けじゃからな』

まして相手のレベルは推定三〇。今の環や早苗さんでは普通に死んでしまうし、もしもここが深度四以上の場合は俺だって無傷ではいられない。

想定外に想定外が重なったこの状況、命を懸けるには安すぎる。

「……りょうかーい」

「……わかりました」

今の邂逅《かいこう》で自分と敵の戦力差を、そしてこの異界の脅威度を悟ったのだろう。

二人は悔し気ではあるが素直に従ってくれた。

『いや、こやつらは今回アレをすることがなくなったから残念がっておるだけじゃぞ』

それはないと思います。

確かにアレは気持ちが良いらしい。

しかも神様曰く、女性の場合は男の数倍以上気持ちが良いらしい。

だが彼女たちはまだ一四歳。焦る時間じゃない。

『なんでお主が錯乱しとるんじゃ。初心なネンネじゃあるまいに』

まぁ前世でも経験があったし、今世でも神様にいただかれていますけど。

『無駄にするのは勿体ないからの』

人柱の件で簡単に説明したが、神と呼ばれる存在にとって力のある人間から得られるモノは力になる。形のない【信仰】はもちろんのこと、血液やら肉やらなにやらもまた同様である。

それらは神様にとっては嗜好品、つまりはオヤツなのだが、それだって無駄に捨てるよりは食べたほうが良いわけで。

『御馳走様でした』

お粗末さまでした。

そんなわけで俺は××歳で初めてを失った後も、度々いただかれている。

『お主だってええ思いしとるじゃろ?』

くっ。悔しい！

とまぁ俺のことはいいとして。

別に俺や神様が彼女たちとそういうことをしているわけではない。

ただ単純に、彼女らにとって害となるものを抜き出しているだけだ。

つまりは人工呼吸と一緒。だからあれは医療行為。圧倒的医療行為！

『そう思っとるのはお主だけじゃと思うぞ』

解せぬ。

『そう思うなら、あとでビデオかなにかで撮影してアレをしておるときの様子を確認してみればよかろ。二人も撮影するのがお主なら否とは言わんじゃろうて』

撮影って時点でなんかものすごくいかがわしく感じるのでやめましょう。

『それはお主の中にそういう気持ちがあるからでは？（名推理）』

あーあーきこえなーい（突発性難聴）。

気を取り直して、まずは裏取りだ。これが単なる事故なら仕方がない。

調査員と協会に嫌味を言う程度で終わりだ。

だが何者かが裏で糸を引いているのであれば……。

『その糸ごと手繰り寄せて闘魂ビンタをくれてやるわいなぁ！』

神様・ボンバイエ！《やっちゃえ、神様！》

⑥

まるで半神半人の狂戦士を差し向ける少女のようにやっちゃえと言ったものの、もちろんただのネタである。なにせ神様は神様だ。人間とは価値観が違う。

俺ごときに頼まれたからといって、ほいほいとやったりしないのだ。

『妾はそんなに軽くないんだからね！』

実際その通り。

以前、早苗さん関連で顕現したり説教などをかましたりしたこともあったが、あれはあくまで自分への貢物を掠め取っていた不届き者に対して罰を与えるために行ったことであり、その不届き者に騙され続け、結果として神様に対して手の込んだ嫌がらせを行っていた愚か者に罰を与えるために行ったこと。つまるところ徹頭徹尾自分のための行動でしかない。

『ありゃ神として許せる範囲を超えておったからの』

そう嘯く神様にとって、俺はあくまでお気に入りのニンゲンにすぎない。

今は神様も久しぶりの現世を愉しんでいるので、神様が現世を満喫するための必須ツールとなっている俺が死なないように『そこに潜んでおるやつがおるぞ』とか『アレはお主より強いの』とかのアドバイスをくれるし、明らかに弱い妖魔などが絡んできそうなときなどは俺が知らないうちにぱっくりと呑み込んでくれているときもある。

『エス〇マ（物理）』

だが俺が自らの意志で自分より強い妖魔と戦うことを選択した場合は違う。

その結果、自分より強い妖魔に殺されそうになったとしても、神様は俺のことを助けるために妖魔と戦うような真似はしないだろう。おそらくだが『おぉお主よ。死んでしまうとは情けない』とか言いながら俺の魂を担いで異界に帰るだけだと思われる。

『一応、仇くらいは取ると思うがの』

あら嬉しい。半分以上、遊びを邪魔されたことに対する憂さ晴らしでもね。

『否定はせんよ』

そういうことなので、俺は危険だとわかっているところに自分から首を突っ込むような真似はしないようにしているのである。具体的には、神様が関わらない限り深度四以上の異界には潜らないことにしている。例外は早苗さんの件で推定深度五の異界に潜ったときだけだ。

『アレは妾が頼んだことだからの。主の意にそぐわぬことを頼んでおきながら命の保証をせんのは筋が通らぬわ』

言ってしまえば、神様が命の保証をしてくれるならどこにでも行くが、そうでない場合は少しでも危険があると判断した場所には行かないということだ。

これを舐めプというのか臆病というのかはわからない。

だが、そもそも俺は前人未到の異界を攻略したいわけでもなければ、世界最強の退魔士になりたくて異界に潜っているわけでもない。家族と自分が不満を覚えない程度の金が欲しいから異界に潜っているのだ。

だから少しでも危ないと思ったら逃げることに躊躇しないのである。

『本能的に長生きできるタイプじゃな』

長生きをしたいわけではないが、無駄死にはしたくない。

そんな普通の男なのだ。俺という男は。

『普通?』

今回の異界もそうだ。最低でも深度三が確定している未調査の異界など、安全第一をモットーにしている俺からしたら厄ネタ以外のなにものでもないのである。

だから関わりたくないと言っているのに……。

「再調査の件は承りました。では、再調査の後でその異界を攻略していただく、というのはいかがでしょうか?」

「無理です」

いかがもなにもねーよ。何度同じことを言わせるつもりだ、このクソ職員が。

いい加減にしないとハイスラでボコるぞ。

この分だと早苗さんがいなかったら深度の再調査申請も通らなかったな。

そもそも俺たちは十四歳の子供だぞ。子供に推定深度三以上の異界が攻略できるわけないだろ！

調査だって無理だ！　いい加減にしろ！

『どうしても主たちに例の異界を攻略させたい協会の職員VSどうしても例の異界に行きたくない主VSダークライ』

ここまで露骨にされると裏を疑うどころじゃない。ナニカあるのはもう確定だ。

あとはそのナニカが俺を狙ったものなのか、早苗さんを狙ったものなのかって話なんだが。

『問い詰めたところで吐くとは思えん。じゃがこのままでは堂々巡り。総じて時間の無駄じゃな。……祟るか？』

神様は簡単に手助けしないとか色々言ったな、あれは嘘だ。

積極的に手助けするような真似はしないものの、自分がイラついたら迷わず力を行使するのが神様という存在なのだ。

『当たり前じゃろ。なんで妾が我慢せんといかんのじゃ』

神様は偉い存在。そんなの常識。だから自分のお気に入りのニンゲンである俺に対して面倒事を持ち込もうとしている協会職員を祟るのは、神様にとって正当な行為なのである。

とはいえ、神様から与えられている恩情を当たり前のものと思ってはいけない。

そう思った時点で俺は神様からの寵愛を失うだろう。

『妾、オヌシ、マルカジリ』

気をつけよう。話を戻して。神様がこの職員を祟ること自体は止めないが、今はまだ早い。

『ふむ？』

もしかしたら〝俺が仕掛ける呪い〟を観測するために職員を使っている可能性もありますので。

観測したからといって対策が取れるほど神の祟りは軽いものではない。だけど、協会は神様の存在を知らないからな。

なにかしらの対策を練るために挑発している可能性がある以上、わざわざ目の前で見せる必要もないでしょうよ。

『全部纏めて祟ればそれで解決するのでは？　妾は訝《いぶか》しんだ』

いや、それやったら日本が滅びますから。

動物霊は七代祟るといわれるが、神様は当たり前にそれ以上のことができる。

ただし、その気になれば本当に全部祟ることができる反面、一人をピンポイントで狙うことはできない。

『本人が目の前にいれば可能じゃがな』

現状目の前に黒幕がいない以上、神様の祟りは目の前にいる協会職員当人はもとより、同僚の職員・上司・幹部職員・協会長・協会長と繋がりがある政治家・その政治家と繋がりがある人間・さらにはそれぞれの家族親族友人知人と、文字通り全てに及ぶ。

『確実じゃろ？』

確かにそこまでやれば六次の隔たりという概念にチャレンジするまでもなく、間違いなくなんらかの目的をもって職員を操っている人間も、その裏で〝呪い〟の対策を練ろうとしているであろう人間も対象になるので、今現在、俺に降りかかりつつある問題は全部解決するだろう。

だがそのとき日本は終わっている。

極論、本気になった神様の祟りとは、目の前に現れたネズミを殺すために星を破壊しようとした際に青いタヌキが出したアレとなんら違わないのである。

『ちきゅうはかいばくだんー』

やめてくださいしんでしまいます。

面倒に巻き込まれたくないのは確かだが、だからといってインフラが崩壊した国で暮らしたいとは思わない。というか暮らしていく自信がない。

『かー！　これじゃから文明の利器に溺れた現代っ子は！　農業をやらんか農業を！』

テレビもゲームもマンガもなくなりますが？

『それはいかんの』

ですよね。暇潰しができなくなるからね。神様が落ち着いたところで話を戻そう。

「とにかく、今回の件は協会と中津原家に差し戻します。早苗さんからも向こうに連絡を入れてください」

「は、はい！　わかりました！」

「……」

さすがに中津原家の令嬢に逆らう気はないのか、なんとも苦々しい表情をする職員さん。

彼はこのあともっと苦いモノを体験することになるのだが、そのことを自覚しているのだろうか？

『とりあえずこれから二四時間以内にコヤツと接触したヤツ全員とそれらを起点にして無尽蔵に広がる祟りをかけるぞい』

ん～。流石にそれは多いかな。

今は一四時だから、終業時間を一七時として。それにプラス一時間、合計四時間以内に接触した相手と、その相手を起点に拡大する感じでお願いします。発動も四時間後で。

『りょ』

もちろんこの【接触】には電話やメールも含まれる。

これにより、黒幕と職員の間に仲介役がいた場合でも、職員から連絡を受けた仲介役を介して黒幕に祟りが届くというわけだ。これからこいつと接触することになるほかの職員や上司も祟られることになるが、それはこの職員のせいだから諦めてもらおう。連帯責任ってやつだ。

『†悔い改めて†』

これで俺らになにかしらの罠を仕掛けたヤツとそれに協力した協会に対する警告は十分だろう。

そのうえで中津原家に〝呪い〟のことを教えておけば、俺たちに罠を仕掛けたヤツが外にいた場合でも捜し出すことができる。あとは、協会から依頼されるであろう解呪の際に連中から金を取ることで、今回無駄足踏まされた分を回収できるって寸法よ。

『フッフッフッ。お主も悪よのぉ』

なんのなんの、神様には及びませぬ。

と、いうわけで用が済んだのでクールに帰るぜ。

ちなみに今日の儲けは、異界深度の齟齬《そご》を指摘した分の五〇万円。

取り分は環と早苗さんがそれぞれ一〇万で、俺が三〇万だな。

『ま、今回こやつらはなにもしとらんからの。更にお主がおらなんだら異界に入ったと同時に死んでおった。それらを考えれば分け前があるだけ上出来じゃろうて』

それもあるが、二人も罠っぽい依頼を持ってきた自覚はあるだろうからな。こうして取り分に差を付けることで負い目をなくしてあげるのだ。

『お優しいことで』

太鼓持ちはいらないが、荷物持ちとケツ持ちがいなくなったら困るでしょうが。

俺にはこのあと解呪料金も入るんだし。

『ふっ。そういうことにしておいてやるわい』

なんか微妙な納得のされ方だが、まぁいいや。

現時点でさえ武蔵村山で【魔石】を拾うより儲かったのは確かだしな。

⑦

「後はよろしくお願いします」

そう言って暁秀様は何事もなかったかのように帰っていきました。

「お嬢……」

「……ええ」

暁秀様を見送った環さんの表情は後悔の念で沈んでいます。

かくいう私もそうです。あの方に喜んでもらおうと思って提示した深度二の攻略依頼。

協会の内部で言ったように、あの方がぱぱっとやるだけで終わったのであればそれで良かった。

環さんと私は討伐に参加せずとも、荷物持ちとして【魔石】や素材を持ち運ぶことであの方のお役に立てたことでしょう。

さらに私は中津原家の娘という立場を使って、異界を攻略したという実績を私に向けさせることで、あの方に面倒な思惑が向くのを抑えることができたでしょう。

攻略の内容によっては、ご褒美としてあの神聖な儀式を受けることができたかもしれません。

そのうえでお金も得ることができるのです。

あの方も嬉しい。環さんも嬉しい。私も嬉しい。

予定通りにことが運んでいたならば、まさしく三方良しの万々歳でした。

……でも結果はこの通り。

小娘が描いた青写真はいとも簡単に踏みにじられました。

そもそもこの依頼自体が何者かの悪意によって用意されたものでした。

その程度のことにも気付かず、あの方を面倒事に巻き込んでしまったこと。まこと慙愧《ざんき》の念に堪えません。

あの方から私たちにお叱りがなかったのは、偏にあの方が今回の件をそれほど大きな問題と捉えていないからでしょう。

いえ、私たちと話していた協会員とその関係者に呪いを掛けたとのことでしたので、まったく気にしていないというわけではないと思いますが、それでも私たちを叱責するほどの大事だとは思っていないことは確実です。……本当は大問題どころではありませんのに。

元来、異界の深度を偽り探索や攻略の依頼を受けさせるなど、殺人となんら変わらぬ所業です。

しかも再調査の後に再度行かせようとする？

正気の沙汰ではありません。

確かにあの方は深度三どころか、深度五の異界を攻略できる力をお持ちです。

ですが、そのことを知るのは中津原家の中でもごく一部の者に限られます。もちろん我々がその事実を口外することなどありえません。そうである以上、あの方は極々普通の退魔士です。そのような方に、わざわざ危険とわかっている任務を割り振ろうとするなど、どう考えてもおかしいでしょう。もっとも、我々が口外せずとも、協会はあの方の実力を疑っていたようなので周囲の職員はこの依頼に違和感を覚えてはいないようですが。

ちなみに協会があの方に深度三の異界を攻略できる力があると思っている根拠は、ほかならぬあの方の過去の所業と、今の私と環さんの存在です。

数年前まで深度二の異界を探索することすら命を懸ける必要があった私や環さんが、今では簡単に異界を行き来できる程度の強さを得ています。これはどう考えても不自然です。

私だけであれば、まぁ中津原家の関係で誤魔化せたかもしれません。

しかしながら（こう言っては些か以上に失礼ですが）どこにでもある神社の娘でしかない環さんはそうではありません。不自然ながら事実がある以上、調査の手が入るのは必然。

また少し調べれば、あるときを境に環さんがあの方と一緒に行動するようになったことは掴めます。

実際に中津原家が調べたときも簡単にわかりましたしね。

加えて、以前あの方は過去に一度だけではありますが、深度三の主からしか得られないような【魔石】を協会に売却したことがあるのだとか。

それ以来あの方は、協会だけでなく軍や企業からも注目をされる存在となっていました。

そうして疑惑が積み重なったところに加えられたのが私の存在です。実態はさておき、この国において中津原家の名は軽くありません。そこの直系の娘である私が環さんやあの方と一緒になって依頼を受けているとなれば、もはや答えは出たも同然。

今となっては、ご本人様以外、誰もあの方をしがない神社の長男坊とは思っていません。

そうなれば、あの方がどこまでできるのかを調べたいと思うのは組織として当たり前のこと。

その当たり前に便乗したのが、あの方が黒幕と呼ぶ存在。

もし本当にあの方が言うような黒幕がいたとすれば、その者の目的はあの赤い妖魔によって私とあの方を殺すことだったと推察できます。

今のところ私とあの方のどちらが主目的なのかは不明ですが、少なくとも環さんは完全に巻き込まれた形になりますね。

可哀想だと思いますが、これも私やあの方と一緒にいる恩恵を受けている代償だと思ってもらうほかありません。

美味しいところだけをいただいて不都合なことを受け入れない。そんな我儘は通らないのです。

もっとも、環さんもあの方と殉じる覚悟はできているようなので特に問題にはなりませんけど。

普段見せる態度とは裏腹に覚悟が決まっている環さんはさておいて。

纏めると、今回の案件はあの方の力を見たい協会と、あわよくば殺したいという黒幕の利害が一致したからこそ発生した案件といえます。この時点であの方が被害者であることは明白。望まぬ詮索をされたうえに妖魔をけしかけられたあの方が反撃をするのは当然でしょう。それらを踏まえたうえで、あえて言わせていただきます。

報復が怖すぎます。

あの方が掛けた呪いは、過去にあの方を探った協会員とその上司に掛けた呪いと同じもの。即ち『目が渇く』という呪い。それだけ？　と思うかもしれませんが、さにあらず。

眼球から水分が抜けていくのですよ？

それもずっと。失明するまで。いいえ、失明した後もです。

最初は痒み。次いで痛み。瞳の中から感じる渇きと並行して徐々に目が見えなくなっていく恐怖が襲い来るとか。

そんなの一日で発狂してもおかしくありません。

いつの間にか罹患しているので防御も回避も不能。なんとか進行を遅らせようとした当時の協会幹部らが相当の準備と労力を費やして行った解呪の儀も雀の涙ほどの効果しかなかったと聞いております。徐々に強くなっていくのも恐ろしい。まさしく干殺し。

最終的に件の協会員とその上司は片目を永久に失っただけでなく、今も痛みに苛まれているとか。それ以来、あの方に対して詮索したり何事かを無理強いするのは禁則事項とされているそうです。

「……そう考えると不自然ですよね」

「えっと、なにが？」

「協会内でも暁秀様を探ったときの怖さは周知されているはずですよね？」

「そりゃそうでしょ。あの話は近場の協会なら全部知っているんじゃない？　そもそも退魔士を詮索すること自体がマナー違反だし」

そうなんです。先にマナー違反を犯していることに対する反撃だからこそ被害を受けた職員やその上司は抗議できなかった。つまり泣き寝入りを強いられたのです。

そうだというのに。

「なぜあの協会員はしつこく食い下がったのでしょう？」

普通はできませんよね？　それこそ……。

「そりゃあ上の人から言われたからでしょ。呪いにも対処できるだけの根拠を示されたうえで命令されたら断れないと思うわ」

「やはりそうなりますか」

上に逆らえないのはどの業界でも同じです。まして協会は半官半民の組織であり、様々な組織の意向が複雑に絡み合う伏魔殿。それこそ【魔石】の仕入れ先から卸し先まで権益が絡んでいないところはありません。故に今回の件も、急な代替わりで中津原家の力が弱まったところを狙った犯行と思えば筋は通ります。

「もしかしたら身内の中に裏切り者がいるかもしれませんね」

恐れを知らぬ不心得者。幹部と呼ばれるような方々の中にいるとは思いませんが、これでも中津原の家は日本有数の名門ですからね。関係者が多すぎて絶対にいないとは言い切れないのです。

「……門外漢の私がどうこう言うべきじゃないと思うけどさ。お嬢の家はもう少し身内に厳しくしたほうがいいんじゃない？」

「そうですね。ええ、本当にそう思います」

（家に帰った後で目が乾いてきたら嫌だなぁ。あ、そうだ。その場合は暁秀様に縋り付きましょう。恥も外聞もなくひっついて懇願しましょう）

この日、私はそう決意して帰路に就きました。

翌日、伯母様から『教会の日本支部長が失明した』と聞かされた際、自分に呪いが向かなかったことを心から安堵したと同時に、少しだけ惜しいと思ってしまった私はどこかおかしいのかもしれません。

# 3 諸々の後始末

①

なんやかんやで三〇万円稼げたので帰宅時にお土産としてちょっと贅沢なデザートを買い、夕飯後に家族全員でそれをいただいたことでみんなが幸せな気分になった次の日の朝のこと。

早朝からウチの神社に訪れたとある人が面白いことを教えてくれた。

『ほーん』

面白いこと、即ち「教会の日本支部長が失明した」と聞かされた神様の反応がこれである。

俺からすれば、本来であれば数日から一カ月かけて失明に至るはずの【祟り】が一日でそこまで進行したことに少なからず驚いたんだが。

『たまげたなぁ』

アッー！　と驚く為五郎《ためごろう》。

『どう発音するんじゃ、それ？』

ちなみに教会とは、欧米を中心に信仰されている唯一神を奉っている宗教組織の総称である。

十字架を象徴としていることから十字教とも呼ばれているので、一般的にはこちらのほうが有名かもしれない。

そんな彼らは第二次大戦の勝者として当時日本を霊的に守護していた神社や寺社を駆逐しようとするも、神は一柱のみという考え自体が日本人とは合わなかったのか、文化的な侵略には成功したものの、最終的に日本を宗教的な植民地にできなかったことに今でも不満を抱いている組織である。

彼らとしては玉音放送で当時の天皇陛下に『自分は神ではない』と言わせたことで日本人の信仰心をへし折ったつもりだったのだろう。そこに付け込もうとしたようだが、結論から言えばその目論見は綺麗に失敗した。

『新年に神社に参拝して。節分に豆を撒きながら恵方巻を食って。バレンタインにチョコを贈り。桃の節句で人形を飾ったかと思えば春の彼岸で墓と仏壇に花を手向け、夏には各地で祭りがあって、盆には墓に参り。秋の彼岸にはまたまた花を手向け、ハロウィンは仮装して。クリスマスに乱痴気騒ぎしたかと思えば年末は除夜の鐘を聞きながら蕎麦やうどんを食う。まさしくごった煮。多神教の柔軟性ここに極まれり、じゃな』

最近ではそれなりに厳しいお寺でも子供にクリスマスプレゼントを用意するくらいのことはするらしい。ちなみにウチはなかった。宗教上の理由ではなく経済的な事情で。

昔から「信者と書いて儲かると読む」なんて言われていたはずなのにどうして……。

『神社だからさ』

悲しいなぁ。

とにかく、一般的な日本人にとって信仰なんざそんなものなのだ。

敬虔《けいけん》な人間であればあるほど理解できまいて。

『一般人にもそこそこの教養があったのも、この国で連中が布教できなかった要因の一つじゃな』

それもある。日本が文字もないような未開の国だったり、一部の人間が知識を独占していたような途上国だったのならば国民に与える知識を偏らせることで信仰先を変えることもできたのかもしれない。だが、日本は一般人でさえ文字を知る国家であった。

まして、一般市民に教養を授けていた学舎の元になったのは寺子屋。つまりお寺さんだ。明治の頭に廃仏毀釈《はいぶつきしゃく》運動が行われたことで寺社は一時的に力を落としたが、神仏混合などで生き延びているところは意外と多い。

そんなところで育った人間に「神は一柱のみ！　寺や神社の言うことは嘘！　教会の言うことが絶対に正しい！」なんて言ったところで、納得する人間は少ないだろう。

それでも彼らはめげずに教化しようとした。だが、近代化によって世界の境界線が薄れてしまった結果、彼らは日本の教化どころではなくなってしまった。

『神が実在して一番困るのは宗教家。これ常識』

神の意志の代弁者が神の意志を取り違えていたことが判明したら洒落にならんからね。

中津原家みたいに。

世界中で顕在化した異界と実在した妖魔の存在によって生じた宗教的混乱により大打撃を受けた教会は、世界中で行っていた教会による宗教的植民地計画を取りやめることとなった。

『各地に散っていた連中からすれば梯子を外された形じゃな』

これにより半独立状態となった現地の教会勢力は、それぞれの判断で動くことになる。

そして日本に残された教会勢力の判断は〝現地の宗教団体と競合せずに足場を固める〟だったはず。

それが今回の件に関わってきた？

『妙じゃな』

冤罪の可能性は？

『ない。妾とてインフラが整った国を滅ぼしたいわけでもなければ、お主の周囲に無用な混乱を齎したいわけでもないからの。故に今回の祟りには〝自覚〟というトリガーを仕込んである。もちろん当事者に近い輩にはそんなん関係ないが。じゃから、それなりに距離があるはずなのに一夜で失明するほどの祟りをその身に受けた輩が今回の件と無関係ということはありえぬよ』

なるほど。

退魔士の常識として、呪いを防ぐということは呪いを返すことと同義である。

返された呪いは仕掛けたほうへ倍、とまでは言わないが結構強化されて返されることになる。だから、もし呪いを掛けたのが俺であれば、呪いを返された際に俺が大ダメージを負う可能性があった。

しかしながら、今回のこれは俺が仕掛けた呪いではない。

これは神様が仕掛けた祟り、即ち条件を満たした時点で回避も防御も不可能な神罰なのだ。

『まぁ、同等以上の力で相殺すれば防げるがの』

それとて自分に祟りが向かってきていることを認識しないと対処はできないので問題なし。

まして今回のように神様の祟りを俺からの呪いと勘違いしているニンゲンに防ぐ術はない。

ちなみに俺が早苗さんにも呪い云々と言っているのは、中津原家にいるかもしれない阿呆に対してミスリードを誘うためでもある。

『大人は嘘つきじゃ』

大人だって間違えるんですよ。

『それ、埼玉県《海なし県》産のサワラ《海産物》を見た後でも同じことを言えるかの？』

あれはただの産地偽装だから。千葉県産伊勢海老とはわけが違うから。

『伊勢はどこ？　ここ？』

三重県の位置と、過去に犯した過ちが大きすぎていまだに完全に信用できない中津原家に関しては早苗さんになんとかしてもらうとして。祟りの怖いところは多々あるが、今回のこれの最も厄介な点は、その効果時間に限りがないところにある。

故に、時間が経ったからといって油断して結界の外に出たら即アウト。

無論、祟りを警戒してずっと結界の中にいたとしても安全ではない。

なぜなら結界の上で積もり積もった祟りはいずれ結界以上の力を得て、結界の中にいるからと油断している対象に突き刺さるのだから。

『雪が積もって屋根を潰すようなもんじゃな』

最初は軽くても積もれば重くなる原理ですね。

わかります。

ともかく、中途半端に防いでしまったせいで結界の上に積もった祟りには、神様が初期に設定した力を上回る力がこもってしまう。

それをモロに受けてしまえば、一発で失明に至ってしまうこともあるわけだ。

だから一晩で失明に至ったというその人が、日本支部長という立場から常にそれなりの強度がある結界に護られていたせいで意図せずに神様の祟りを防いでしまい、結果として効果が強まった祟りに襲われた可能性があるのでは？　と思ったのだが、神様が明確な根拠を示したうえではっきりと否定したことで冤罪の可能性はなくなった。

なので俺は、今回の件で絵図を描いていた黒幕は件の日本支部長か、その周囲にいる人間と認定する。

『違っても別に困らんからの』

おそらく黒幕は、神器かなにかに分類されるモノを使って俺が仕掛けるであろう【呪い】を防ぐ算段を立てたうえで俺にちょっかいをかけてきたはずだ。協会の職員は……捨て駒だろうな。

『舐められたもんじゃのぉ』

向こうは神様のことを知りませんから。

その結果、色々と勘違いしてちょっかいをかけてきた相手は視力を失うことになった。

やはり周囲に神様の情報を隠すのは正解だったようだ。

『情報を制する者は世界を制する。至言よな』

ごもっとも。

とはいえ、今回の出来事はこちらが意図して行ったことではない。

はっきり言えば想定外の出来事である。

『アレは時間をかけて進行するからこそ解呪の余地があるというのに……』

その通り。流石に失明してしまうと解呪しても意味はない。

いや、まぁ渇きと痛みは弱まるので全く意味がないわけではないが、一度失った視力が戻ることはないのだ。当然こうなると解呪料は貰えない。貰えてもかなり安くなる。

ついでに逆恨みされる。

『ついで……ついで？』

今回のコレ、逆恨みされますかねぇ。

『されるじゃろうな』

やっぱりそうか。元々教会と仲良くするつもりはないが、敵対するつもりもなかったんだがなぁ。

『喧嘩を売ってきたのは向こうなんじゃが？』

喧嘩を売ってきたと言っても、相手がメインで狙ったのはしがない神社の長男でしかない俺ではなく、日本有数の宗教的名家であるものの代替わりで混乱している中津原家とその関係者だと思いませんか？

『じゃろうな』

つまり喧嘩を売られたのは俺ではなく中津原家なのでは？

『お主も売られとるから問題なし！』

問題ないのか。ならいいや。

教会が中津原家の混乱に乗じて手を伸ばしてきたのは、国内における影響力を高めるためだろう。そのための標的となったのが、ここ数年になって表に出てきた早苗さんだ。

『年端も行かぬ世間知らずの小娘なんぞ、誰がどう見ても狙い目でしかないわな』

殺すもヨシ！　誘拐するもヨシ！　洗脳するもヨシ！　男を当てて籠絡するもヨシ！

『薄い本のネタには事欠かんの』

使い道は色々想像できるが、経緯としては彼女と直接相対したことがある協会職員あたりがいらんことを吹き込んだのだろう。

だから教会からすればメインは早苗さんで、俺はあくまでついで。

もっと言えば、俺も環も早苗さんの周囲にいる護衛程度の認識だったのだろう。

だが協会の人間が余計な告げ口をした結果、俺も調査、もしくは排除対象になった。

そう考えれば一応の辻褄は合う。随分と粗が大きい推理だが、今のところはこのくらいでいい。

『教会が絡んでいるのであれば近いうちに向こうからなにかしらの接触があるじゃろうて。結論はそのときまで持ち越しでよかろ』

そうですね。

しかしまぁ、日本支部限定とはいえ世界最大級の宗教組織と敵対するとか面倒すぎるな。

『じゃが、泣き寝入りするつもりはないんじゃろ？』

当然。ウチは神様を祀っている神社ですので。

伴天連《バテレン》にくれてやるものなど玉砂利の一粒もないわ。

『ほほほ。ならば良し、じゃ』

それはどうも。

後で顔を見せにくるであろう連中については改めて考えるとして。

「お待たせしました。お久しぶりです植田《うえだ》さん。しかし入間支部の支部長さんともあろう御方が、こんな時間にウチのようなしがない神社に来るとは、驚きです。なにやら重大な問題でも発生したのでしょうか？」

「……っ！」

わざわざ向こうから来てくれたのだ。とりあえず今はこっちの協会と話をつけましょうかね。

②

(目が痒い)

出先でそう感じたときは気のせいだと思った。

もしくは花粉症か、空気が乾燥していたせいだと思った。

いや、正確にはそう思いたかった。正直に言えば彼女は、全日本退魔士協会埼玉県入間支部支部長である植田桂里奈《かりな》はこの時点で嫌な予感がしていた。

むしろ入間支部の人間で目の痒みを覚えた際に嫌な予感を覚えない人間のほうが稀少だろう。

その予感が確信に変わったのは、家に直帰してから嫌な予感を忘れるために、いつもより少し強めの酒をいつもより多めに飲んで、さぁ寝るかという状況になってからだ。

「あぁぁぁぁぁぁ！」

目が痒い。瞼を閉じても目が痒い。目薬をさしても目が痒い。

予感が確信に変わる。酔いなどとっくに醒めていた。

「誰だ！　誰があのガキにちょっかい掛けやがった！」

あのガキとはもちろん、自称しがない神社の長男坊こと西尾暁秀である。

桂里奈がこの痒みを経験したのは、これが二度目である。

一度目は約二年前。その日まで協会が彼に下していた評価は『ガキのくせに定期的に深度二の【魔石】を持ってきていたガキ』であった。

若いことは若いが、別に持ち込まれる量が不自然だったわけでもなければ、誰かから盗まれたという苦情もなかったため、協会としても普通に買取をしていた。

向こうからも自分を特別扱いしろ！　だとか、もっと高値で買え！　などといった苦情を入れてくることもなかったので、特に問題がある人物とは思われていなかった。

その評価が一変したのは、あるときそのガキが深度三の、それも最上級の異界でしか取れないような高純度の魔力を宿した【魔石】を納品したときだった。

当然納品された職員はその出所を訝しんだ。とはいえ少年が盗んだとは思っていない。

深度二程度ならいざ知らず、深度三の、それも最上級に相当する異界を探索している退魔士の中に、ガキに【魔石】を盗まれるような間抜けは存在しないからだ。

なので、当該の職員はこう考えた。

『この少年は、なにかしらの特殊能力を宿している存在、いわゆるギフテッドであり、その能力は条件次第で深度三の異界を攻略できるほどのものなのではないか』と。

そう疑った職員とその仮説を聞いた上司は少年を探ることにした。探ってしまった。

当時の桂里奈も部下からの報告を受けた際に『まぁ、探るだけならいいんじゃない？』と軽く承諾してしまった。それがまずかった。

自身を覗き見した相手の目を潰す術式など、対抗術式としてはありきたりなものである。

そのため調査を担当した術者も、対感知術式に対抗するための準備は怠っていなかった。

だが、件のガキが仕掛けた呪いはそのチープさ故に浸透性が高かった。

その呪いの内容は『数日かけて体内から数十グラムの水分が失われる呪い』であった。

瞬時に体内の水分を抜いて対象を内臓から渇死させたり、肺を海水で満たして数分で対象を溺死させたりといったコズミックな呪いと比べれば実にチープな呪いである。

話を聞いただけであれば、桂里奈とて「トイレ一回分にも満たない水分を数日かけて失わせる呪いになんの意味があるのか」と鼻で笑っていただろう。

……水分を失う箇所が、眼球に限定されるものでなければ。

「嘘は言っていない。あぁそうだ。眼球だって確かに体内だもんなぁ！」

誰もが鼻で笑う程度の微妙な威力を宿した術式は、最初に探査用の術を仕掛けた職員を呪った。

次いで、その職員に術式を使うよう依頼した職員、つまり窓口で少年から【魔石】を受け取った職員を呪った。次いで、その職員から報告を受けて調査することを認めた上司を呪った。

そして、職員たちに調査の許可を出した桂里奈も呪った。最終的には、全職員とその家族を呪った。

事ここに至れば、件のガキが用意していた術式の凶悪さが浮き彫りとなってくる。

基本的に呪いは、術者の実力云々よりも発動条件や用意した道具、設定された効果範囲などによって威力が変わることが多い。

そのため素人でも強い思念と条件が揃えば、ある程度の強さの呪いが造れてしまう。

たとえば、虐待された被害者が己の血肉と強い思念を材料にして加害者に被害を齎す呪いを発現させた、なんてことは珍しいことではない。

この場合の呪いが発現するまでのプロセスを極めて簡単に纏めると、次のようになる。

一：発動条件。被害者を虐待すること。

二：触媒。被害者の感情と血肉。

三：効果範囲。被害者が加害者と認定した者。

四：威力。ピンキリ。耳鳴り程度のものから、相手を死に至らしめるものまである。

一の発動条件についてはわかりやすいだろう。

虐待を受けることで被害者に発生するであろう負の感情が発動キーとなる。また、この際に出血などをしていた場合はその血が触媒となるので、呪いは血液にちなんだものが発現しやすくなる。

二の触媒。これによって呪いの総量及び、効果範囲と威力も大きく変わるものの、素人が用意できるものではあまり大きな増減はない。

三の効果範囲と四の威力は反比例することが多い。

というのも、触媒の際に軽く触れたが、呪いには総量があるからだ。

簡単に数値化できるものではないし、触媒の有無やその品質によって上下するが、ここでは最も単純なケースを例に挙げることとする。

まず呪いの総量を一〇とする場合、呪いが向けられる対象が一〇人いれば単純計算で一人につき一の呪いが向けられることとなる。よってこの場合の呪いの強さは一となる。具体的な例としては、耳鳴りや頭痛などの体調不良が継続する程度だろうか。注意力が散漫になったせいで怪我をしたり事故を起こすこともあるだろう。

逆に対象が一人の場合、対象に一〇の呪いが集中する。

なのでこの場合の呪いの強さは一〇。

一〇人に分散した前者と比べて後者は単純に一〇倍の威力がある呪いが向けられることになるので、普通に死に至る場合もある。一般に、解呪にかかる労力は呪いの強さに比例するので、解呪が難しいのは後者となる。素人が発動させる呪いとは概ねこのようなものだと考えていい。

翻って、件のガキが仕組んだ呪いはどうか。

桂里奈が暁秀本人から聞き取った際に明かされた術式の詳細はとてもシンプルなものだった。

一：発動条件。自分に対してなんらかの探知術式を仕掛けること。

二：触媒。自分の家にあった御神体の一部。
三：効果範囲。術式を仕掛けた本人及び、その周囲にいる人間全て。
四：威力。数日かけて体内から数十グラムの水分を抜く。

まず発動条件。呪いは返されると威力を増す。その性質を利用して、自らに向けられた術式を呪いと定義し、それにカウンターをとる形の術式とすることで呪いに与えられる力が強化されるようになっている。

二の触媒。八〇〇年の歴史を持つ神社にあったという御神体は、素人が用意できるようなモノとは比べものにならない。鯨《くじら》と鰯《いわし》を並べて大きさを競うようなものだ。比べるのも烏滸《おこ》がましい。この触媒による術式の強化率は一〇倍では利かないだろう。

三の効果範囲。もう馬鹿かとしか言えない。普通なら無理だ。

だが連帯責任や信賞必罰という、社会人であれば誰もが知っている理《常識》と、暁秀が用意した触媒が絡んでくれば話は別だ。

次いで、連帯責任や信賞必罰という理について。

簡単に言えば、これには呪う人間と呪われる人間の間に相互理解を促すことで、対象が持つ術式に対する抵抗を下げる効果がある。

この術式の場合は暁秀が『アンタはこいつの上司なんだからアンタにも責任がある』という理を押し付ける。押し付けられたほうがそれに納得してしまえば抵抗はできなくなるという感じだ。

呪いにはありがちな制約だが、ありがちだからこそ効果が高い。

この呪いの悪辣なところは、それらの理解を無意識下に押し付けて、強制的に呪いを浸透させているところだろう（事実、暁秀が造った呪いを受けたと確信している桂里奈とて、部下がやらかしたせいで自分も呪われたと考えてはいても、暁秀が能動的に自分を呪ったとは考えていない）。

そして触媒。西尾家が神主を務める神社の祭神は白蛇である。

七代祟るといわれる動物霊の中でも、蛇とは執拗さと狡猾さに定評のある動物だ。

まして触媒として使われたのは八〇〇年以上祀られてきたモノである。

神……とまでは言わないが、それに近い力を蓄えている可能性は極めて高い。

それだけの力がある触媒を使えば、効果が弱い呪いを多くの者に浸透させることは不可能ではないだろう。

四の威力。誰が聞いてもチープな威力である。少なくとも八〇〇年以上祀られてきたという歴史がある御神体を触媒にして発動させるような術式ではない。

だが、それゆえに浸透力が高い。目に集中しているのも『自分を覗き見た者の目を狙う』という、因果応報の理を乗せただけのことなので、コストはかからない。というか、むしろ効果が増す。

さらにここでも触媒が絡んでくる。

何度も言うが、使われた触媒となったモノは蛇である。

東洋において、多くの場合蛇は水を司る存在として認識されている。

そのため『体内から水を抜く』という術式と非常に相性がいい。

しかもその威力は、素人が造った呪いの例と比べても一割にも満たないものである。

以上のことから、暁秀が用意した呪いは威力を犠牲にして浸透力と効果範囲に大幅なブーストをかけたタイプの術式であると推察される。だからなんだという話だが。

問題はそのブーストがかかった特別製の呪いが再度自分に降りかかっているということである。

「クソッ！　当時ですら相当な質と量の触媒と術者を集めても解呪できなかったんだぞ！」

事実、自分たちが呪いに冒されているとわかってから行われた解呪の儀はあっさりと失敗した。

数日かけて集めた触媒は全て干乾びたし、解呪を試みた職員の手もカラカラに干乾びてぽっきりと折れた。一番呪いが進行していた職員とその上司に至っては物理的に片目がなくなった。

桂里奈たちの視力も半分くらいまで落ちた……ような気がした。

言い訳のしようもない完全敗北である。

「そもそも深度三を攻略できるであろう術者が八〇〇年の歴史を積み重ねた触媒を使って造った術式をうちらがなんとかできるわけねぇだろ！」

呪いに対する対処は大きく分けて【防ぐ・逸らす・払う・解く】の四つがある。

ただし、前の二つは呪われる前に行う行為なので、現時点で呪われている桂里奈には関係がない。

残る二つのうち【払う】と【解く】の違いは、術を受けた側が解呪するか、術を仕掛けた本人が解呪するかの違いである。

受けた側による解呪、つまり【払う】ことは、前回失敗している。

前回の失敗とその代償を思えば、同じことを繰り返そうとは思わない。

故に桂里奈が取り得る手段は最後の【解く】しかない。

しかしそのためには、わざわざ八〇〇年程度の歴史しかない片田舎の神社まで赴いて、大金を積んで、頭を下げてお願いしなくてはならない。

「クソッ！　クソッ！　クソッ！」

神社仏閣の格とは、概ね歴史と実績（とはいえほぼ歴史）によって決まる。

四〇〇年で新参者。

六〇〇年で半人前。

八〇〇年で一人前。

一〇〇〇年で一流。

一二〇〇年以上でようやく名門である。

協会の支部長である桂里奈は、当然名門の出だ。

それも歴史だけではなく実績も積み重ねている正真正銘の名門である。

その名門出身の自分が、中津原家ならまだしも、よりにもよって田舎町にある、ようやく一人前として評価されるかどうかの、実績も何もない神社に頭を下げてお願いをする？　屈辱どころの話ではない。

「クソッ！」

だがそれをしなければ目がなくなる。

自分たちで解呪を試みるにしても、その準備期間中はずっと目が内側から乾いていく恐怖に耐える必要がある。

「クソッ！」

それでも、自分たちで解呪できるならまだいい。

問題は再度解呪できなかった場合だ。

「クソッ！」

桂里奈が取れる対応は二つ。儀式をせずに速攻で頭を下げるか、はたまた恐怖に耐えて数日を準備に費やしたうえで儀式を行うか。

――なお後者の場合は、儀式に失敗する可能性、即ち儀式のために用意した時間と予算と物品を無駄にし、かつ自分の視力を喪失した後に頭を下げることになる可能性が極めて高いものとする。

得られるものは何もない。ただ何を失うかを選ばなければならない。

「クソッ！　誰だ？　誰が余計なことをしやがった！？」

己にまで効果が及ぶということは、部下がやらかしたのだろう。

管理責任を問われるのは仕方がない。

己が取るべき行動はすでに決まっている。

だが、それはそれとして、自分に逆らって余計な真似をした元凶は許さない。絶対にだ。

「田中ぁぁぁぁぁぁぁ！」

　どうせ眠れないのだからと徹夜で犯人捜しをしていた桂里奈の元に、余計な真似をした馬鹿の名と、その馬鹿を唆《そそのか》したであろう人物、即ち教会の日本支部長が失明したという情報が入ったのは、朝日が昇る直前のことであった。

③

「お待たせしました。お久しぶりです植田さん。しかし人間支部の支部長さんともあろう御方が、こんな時間にウチのようなしがない神社に来るとは、驚きです。なにやら重大な問題でも発生したのでしょうか？」

「……っ！」

（このガキッ！）

煽られている。そう思い声を荒げんとした桂里奈であったが、すんでのところで堪えた。

そして無言で頭を下げることで表情を隠すことに成功する。

（我慢しろ、我慢だっ！）

内面はどうあれ名家の子女としての教育を受けてきた桂里奈の所作に不自然なところは見られない。

極々自然に行われた一連の動作を見て、桂里奈の表情が憤怒に染まっていると推察できる人間はいないだろう。

『おもしろい顔しとるのー』

人間ではない存在には筒抜けであったが。

ともかく、桂里奈が表面上とはいえ荒ぶる心を抑えることができたのは、偏に以前彼女が術式についての聞き取りをした際に暁秀から術式の内容を聞いていたからだ。

その中の一つに「術式が発動したかどうかを自分は感知できない」というのがあった。

なんとも無責任な話だが、術者のことを考えればなるほどと納得できる話である。

当たり前の話だが、カウンター系の術式が発動するということは、即ち何者かが自分になんらかの術式を掛けているということだ。それを踏まえて想像してみるといい。

普段の生活の中で、それこそ仕事をしているとき、食事をとっているとき、トイレに入っているとき、風呂に入っているとき、寝る前に酒を飲んでいるとき、寝ているとき、どれでもいい。

もしカウンターの術式が発動したことを感知できるようにしていた場合、カウンターが起動する都度「自分が誰かに覗かれている」とか「自分が誰かから術を仕掛けられている」と自覚することになるのだ。

当時の暁秀は「それだと気疲れするから」と苦笑いしていたが、実際はそれどころではない。ノイローゼになってもおかしくはないくらいのストレスを感じるはずだ。

探知術式に対するカウンターで自分がノイローゼになっては意味がない。

故にあえて感知しないようにしているのである。

なので、桂里奈が早朝から暁秀の元を訪れるということが、必ずしもカウンターで発動した術式の解除を依頼するという内容と繋がるわけではない。

もっとも、術式の発動を感知していないにしても、協会の支部長である桂里奈本人がわざわざ――住んでいる本人が認めるほど――辺鄙なところにある、しがない神社に来訪したことを思えば、過去の経験から同様の事柄、つまり『誰かが馬鹿をやって以前と同じ術式を発動させたのかな?』

と思い至る程度のことはしてほしいところである。

そのほうが話が早いし、なにより向こうから言い出してくれたら『術式を解除してください』と頼む手間が省けるからだ。

しかしながら、今回に関してはその配慮は期待できない。

なぜか？　教会関係者が協会の職員とつるんで暁秀に術式を仕掛けただけならまだしも、その協会の職員が、中津原家の関係者に正面から喧嘩を売るような真似をしたばかりだからだ。

――ちなみに、現時点で桂里奈は暁秀に術式を仕掛けた人間は教会関係者だと確信しているし、教会側は教会側で暁秀に術を仕掛けたのは協会の人間だと思っている。

これは両者の間に確執と認識の齟齬があるためだ。

細かく調べれば両者とも暁秀に術式を使っていないことはわかるのだが、そもそも両組織は互いに相手を信用していないので、調査依頼を出すことなどない。

万が一、調査依頼が出たとしても「調査の結果、相手側から『自分たちはやっていないことが判明した』という報告が上がってきたらどうする？　それを信じるのか？」と問われたならば、桂里奈の返事はもちろん否である。

その際は「隠蔽か、そうでないならなまじ組織が大きいせいで下の人間がやったことを上の人間が感知できていないだけだろう」と見做すだけだ。そしてそれは教会側も同じこと。

もちろん双方ともに呪いの大本が暁秀であることは理解している。だが、退魔士的な常識でいえば暁秀は被害者だ。さらに暁秀は「元々こういう対抗術式を展開している」と公表しているのである。

　ここまでしている以上、暁秀に責任を問うことはできない。

　悪いのはそのような対抗術式を展開していると公表している暁秀に対してなんらかの術式を仕掛けた馬鹿であり、確たる対処法もなく不用意に不発弾に触れて爆発させた馬鹿であり、その馬鹿を抱えている組織こそが悪いのである。

　よって現在、日本支部長及び幹部数名の目を奪われた教会関係者にとっての加害者は協会であり、目の痒みと恐怖によって睡眠を妨げられた協会関係者にとっての加害者は教会となっている。

　ついでに言えば、桂里奈も教会の関係者も、暁秀が供述した術式の内容全てが真実だとは思っていない。術式は本来秘匿するもの。にも拘わらず、わざわざ公表する理由とはなにか。

　抑止としての効果を期待する以上に、ミスリードを誘うためである。

　そのため暁秀の説明にはどこかに嘘、もしくは明かしていない情報があるはずだという程度のことは誰もが理解している。だが当時聞き取りを行った桂里奈も、桂里奈から話を聞いた協会の職員たちも、暁秀から得た情報の中でなにが嘘でなにを隠しているかはわかっていない。

　発動条件は妥当。触媒は怪しい。効果範囲は本当。威力も本当。

　特に威力と範囲は身に染みているので、条件によって強くなることはあっても弱くなることはないだろうという確信があった。

　よって隠していることがあるとすれば、それは触媒だと考えている。

　御神体を利用しているのは確かだろうが、それ以外にも浸透力を強めるためになにかしらの条件を追加しているであろうことと、霊地からの力など外付けの力を使用しているものと推察される。

それが桂里奈をはじめとした経験豊富な退魔士たちが、その知識と経験を総動員して導き出した答えであった。

矛盾はなく、整合性も取れている。だが正解ではない。

術者が暁秀ではないことはもちろんのこと。術式そのものが術や呪いではなく祟りであること。祟りなので発動条件には多少の条件があるものの、効果範囲や威力に至るまで神様の気分でなんとでもなることなど、想像できるはずがなかった。

想像できない以上、桂里奈たちが真実へと辿り着くことはない。

真実に辿り着かない以上、正しい対処法にも辿り着くことはない。

正しい対処法に辿り着けない以上、解呪するためには呪いの大本に縋るしかない。

大本はなにもしていないのに相手から謝罪を受けたうえで大金が手に入る。

何事も元締めが儲かるという摂理を如実に表した祟りであるといえよう。

教会だろうと協会だろうと金蔓としか見ていない少年と神様の狙いはさておくとして。

昨日のことがある以上、暁秀が「桂里奈が来たのは部下である協会職員の愚行に対する謝罪のため。もしくは中津原家と交渉するための仲介を頼みにきた」と考えてもなんらおかしなことではない。

いずれにせよ「なにやら重大な問題でも発生したのでしょうか？」は完全に嫌味なのだが、被害者である暁秀にはそのくらいの嫌味を言う権利はあるし、なによりその程度の嫌味で我を忘れるほど桂里奈も青くはない。

一瞬激昂しかけた？　実際していないからセーフ。

たとえ暁秀が内心で（おーおー我慢しとる）と思っていたり、透明な少女が下から桂里奈の顔を覗き込みながら『ねぇ、自分の実家とは違う信仰対象を奉じておる場所に来て頭を下げるのはどんな気持ち？　しがない神社の子供に「許してくださいお願いします」って頼みに来るのってどんな気持ち？』と宗教関係者に対する最大の侮辱を繰り返していたとしても、相手に察知されない限りはセーフなのである。

（目的を忘れるな！）

自分が声を荒らげたせいで「気分を害した」と言われて交渉が打ち切られるようなことになってしまえば、その分だけ目に負担がかかる。

桂里奈だけではない。桂里奈の家族や、無関係の部下、さらにはその家族の目がかかっているのだ。短気など起こせるはずがない。

――現時点でさえさいたま市にいる県の本部長や、東京にいる協会長。さらには協会と付き合いのある政治家やその家族などが【目の痒み】を感じていることを桂里奈は知らない。

もし知っていたら恥も臆面もなく許しを乞うていたであろうが、それはそれ。知らない以上行動に現れることはなかった。そして頼まれてもいないのに手を差し伸べるほど、暁秀も神様も甘くはない。

桂里奈がそれらのことを知って顔面を蒼白にさせるのは支部に帰ってからのことになるのだが、

それはまた後の話。

「そういうわけでして、此度は教会に唆された部下の田中が勝手なことをして誠に申し訳ございませんでした！」

　相手の掌の上で踊らされていることは自覚していても、完全に遊ばれているということまでは自覚していない桂里奈は屈辱で歪む表情を隠しつつ、一息で部下がやらかしたことを謝罪すると同時に黒幕は教会だと主張することで、暁秀の敵意が自分たちから教会へ向くよう言の葉を紡ぐのであった。

④

「そういうわけでして、此度は教会に唆された部下の田中が勝手なことをして誠に申し訳ございませんでした！」

　開口一番に敵を明確にすることで自己の保身と外敵の排除の両立を狙うとは、さすが植田さん。如才ない人だ。

『エリック！　上じゃよ！』

植田《上田》の霊圧が……消えた？

　荒廃した世界に於いて見事な散り様を晒したフォーゲルさんに思うところはないが、荒神という意味では神様が殺したようなものではなかろうか？　と訝しむのもそこそこに、視線は今も綺麗に頭を下げている植田さんから離さない。

彼女は凄く綺麗な土下座をしていた。教科書があるなら載せたいと思うほどに、一分の隙も見当たらない土下座であった。

『傍から見れば殊勝な態度なんじゃがの。表情が歪みまくっとるから台無しなんじゃよ』

残念。表情が隙だらけだったようだ。しかし彼女の気持ちもわかる。

彼女ほどの人物が俺のような若造相手にこうして深々と頭を下げているのは、それが正しい礼儀だと知っているから……ではなく、単純に屈辱に歪んだ顔を見せたくないからだし。

特に今回の件は彼女にとって完全な貰い事故だから尚更その思いは強いだろう。

『Ｎ・Ｄ・Ｋ！　Ｎ・Ｄ・Ｋ！』

見える。植田さんの表情が屈辱で歪みきっているのを理解したうえで、その周囲にて沖縄出身のダンスグループばりに躍動している少女の姿が。

おぉ神よ。踊っているのですか。

なお、本人は諸々気付かれたうえで煽られていることに一切気付いていないものとする。

踊りながら周囲を回りはじめる神様と、それに気付かず綺麗な土下座を継続している植田さんを並べると、なんだろう、年末に放送されていた笑ってはいけないナニカを連想してしまいそうになる。

『たなかー。アウトー』

うん、普通にアウトだね。タイキックで済むかな？

『最低でもビンタは追加されるじゃろうな。……というか、あのとっつぁん坊やはなんで「山ちゃん」なんじゃ？　あやつは月亭包◯では？』

包正さんですね。そこに◯を付けると勘違いされそうなんで。彼は包正さんです。このままでは温泉街の一幕を思い出して俺の腹筋がやばいことになりそうなので話を進めることにする。

「その田中さんとやらがやらかしたのは理解しました。こちらとしても、その田中さん本人や彼を唆した教会の人たちはどうか知りませんが、少なくとも植田さんが中津原家と事を構えるつもりがないことは疑っておりませんのでご安心ください」

「ご理解いただきありがとうございます！」

うん。普通に考えれば入間支部程度の規模で中津原家を敵に回すのは頭が悪すぎるからな。

とはいえ、一介の職員が早苗さんに危害を加えようとしたのもまた事実。教会に切り捨てられる可能性を考えれば、教会以外にも後ろ楯になったやつがいるはずだ。

『おそらく中津原の分家の誰かが関与したんじゃろうて』

そんなところだろう。むしろそうでなければ、教会が唆したとはいえ一介の職員風情が早苗さんに危害を加えようとするはずがない。

今頃は分家の誰かの目が大変なことになっているんじゃないかな。知らんけど。

『阿呆死すべし、慈悲はない』

一度赦《ゆる》しましたからね。二度目の慈悲はあげません。

ま、誰が関与したかは目を見ればわかることだ。逃がすこともないだろうよ。

『間抜けは見つかる。中津原が隠しても妾が見つける』

話が早くて助かる。あとは環に手が及んでいないかどうかを調べて、なにもないようならそこで終了。ナニカされているようなら報復したあとで終了、かな。

「謝罪を受け入れますので、これ以上の謝罪は結構です。ご用向きは以上でしょうか？　そうであれば中津原家に取り次ぎますが？」

「それはっ！」

『謝罪は受け入れた。だが解呪するとは言っていない』

その通り。頼まれもしないのにそんなことはしてあげないのである。

さて、植田さんはどうするかねぇ。

この場で解呪を頼むか、それとも頭を冷やしてから再度頼みに来るか。

再度来る場合は田中さんとやらも一緒に連れてくると思うけど。首だけ持ってこられても困るのでその辺は配慮してほしいところである。

『こっちからは配慮せんが向こうには当たり前に配慮を求める。これが勝利というものじゃな！』

所詮敗者じゃけぇ。負け犬は失うのみなのだ。

「あ、あの。実は田中のせいで例の呪いが発動してしまっておりまして……」

どう出るか見守っていたら、植田さんは意を決した表情をこちらに向けながら、正直に自分たちにも呪いが掛けられていることを告白してきた。

判断が早いところは俺的に高ポイントです。

それはそれとしてリアクションの時間だ。

「えぇ？　もしかしてどなたかが私に術式を掛けたんですか？」

知らなかったわー。びっくりしたなーもー。

『わらわもびっくらこいたー』

ほんとになー。

「もちろん術をかけたのは我々ではありません！　おそらく教会関係者でしょう！　ですがあの呪いは関係者から感染するタイプの呪いですので……」

うん。知ってた。

「あぁ、なるほど。今回の件については全くの無関係であるはずの植田さんたちも千眼の呪いに罹患していましたか」

「……はい。あ、い、いえ！　田中の行動を抑えられなかったという意味では上司である私も無関係ではありませんから！」

うん。そうだね。気を抜いたらあかんよ。

こっちも頑張って演技しているんだから、そっちも頑張って。

『緊張しとるんじゃろうな。あれじゃ、お茶でも飲ましてやったらどうじゃ？　アイスティーしかないがいいかの？』

そういえばお茶も出してなかったわ。

でも今更出すのはちょっと違う気がする。

なにより向こうが謝罪と解呪をお願いしに来たわけだから、むしろこっちがお茶を貰うべきでは？

『山吹色のお菓子は持ってきておるようじゃがな』

ほほう。それはそれは。

「わかりました。私としても無関係な方が呪われるのは望みませんからね。さっそく解呪しましょう。罹患しているであろう入間の協会員さんの名簿はお持ちでしょうか？」

「はい、こちらに……」

そう言って書類を出してくる植田さん。誰が呪いに罹っているかわからないと解呪できないから個人情報の漏洩もしょうがないね。

『くっくっくっ。不幸のハガキを送ってやるわいのぉ』

切手代が勿体ないのでやめてほしい。

「あと、下世話な話で申し訳ないのですが御玉串料もお願いできますか？」

『神社に儀式を頼むなら玉串料は必須。常識じゃよなぁ？』

誠意とはなにかね？

『金じゃろ』

その通り。現金があればなんでもできるのだ。

「もちろんです。こちらをお納めください」

神様との掛け合いを知る由もない植田さんは、神妙な顔をしながらジュラルミンっぽいもので造られたアタッシュケース的な入れ物を差し出してきた。

うむ。それでいいのだ。

中身が貴金属なのか紙幣なのかは知らないが、そこそこの金額になることは確定的に明らかだ。

『今日の晩飯は肉じゃな！』

Ａ３でもＢ４でもかかってこい！

『……そこはＡ５かせめてＡ４にしてほしかった』

贅沢に慣れると危険ですので。あとＢ５もいいと思います。

なんか凹んでいる神様を慰めつつ、植田さんの相手も忘れてはいけない。両方やる必要があるのが、しがない神社の長男のつらいところ。

ちなみに父親は協会に所属していないので、ウチでは協会絡みの案件に対処するのは俺の役目となっている。

閑話休題。

「確かに頂戴しました」

「……中身を改めなくてよろしいので？」

「まぁ、所詮気持ちですからね。えぇ。気持ちさえ伴っていれば問題ありませんとも」

逆に言えば気持ちが伴っていなければ解呪できないともいう。

「そ、そうですか」

そうなのだ。重要なのは気持ちなのだ。

これは術式を編むうえで紛れもない事実である。

この場合は『貴女は自分や家族の目にいくらの値段を付けますか？』といったところだろうか。

一般に行われるものがどうかは知らないが、少なくとも俺が行う解呪の儀とは、正確には【解く】わけではない。呪いに新たな術式を上書きし、中和する術式である（と、いうことにしている）。

『だから呪いに感染したと思《おぼ》しき人のリストが必要なんですね』

こういう術式なので、お金がない子供が必死に集めたお金であれば一〇〇〇〇円でも十分効果を発揮する。反対に、特殊詐欺で楽して金儲けしているような輩の場合、一〇〇〇〇万でも足りないときがある。つまるところ、本人が十分な対価を支払ったと思うか否かが大事なのだ。

『じゃから、この解呪の儀に失敗した場合は、そやつ自身が十分な対価を払ったと認識しておらんことになるんじゃよな。もちろん実際は違うんじゃが』

実際は神様が自分の意思で消すだけである。

なんでこんな面倒な真似をするのかというと、こういう舞台装置を作り上げることで、周囲に俺が儀式を行っていると確信《錯覚》させること、つまり神様の存在を隠すことが目的だからだ。

『強すぎる力を持っておると知られれば面倒事に巻き込まれるからのぉ』

然り然り。俺も神様も面倒事は御免なのである。

ありがたいことにわざわざ手間暇かけて行っている隠蔽の効果は抜群だ。

いまだって、俺なんかよりもよっぽど術に詳しいはずの植田さんだって全く疑いを抱いていないし。

『自分の中の常識と照らし合わせて矛盾がなければ信憑性は増すものじゃからな』

自分で導き出した答えには異論を抱きづらいというアレである。

現時点でまったく疑われてはいないとはいえ、変に引っ張ってボロが出ては意味がない。

さっさと終わらせよう。

「ではさっそく解呪の儀を執り行います。代表して植田さんに受けていただきましょうか。ご存じのこととは思いますが、儀式の最中は絶対に目を開けないでくださいね？　……目がなくなりますので」

「はい！」

承諾を得たので、さっそく母屋の応接室から本殿に移動し、なんか荘厳な気配を醸し出している四角い区切りの中に植田さんをシュゥゥゥウゥーッ‼

『超！　エキサイティン！』

そしてなんかオロオロしている植田さんに向かってばっさばっさと玉串こと紙垂《しで》付きの榊《さかき》を振りながら、ふんにゃがはんにゃがとそれっぽい祝詞を唱えればあら不思議。呪いは消えましたとさ。

『これで大丈夫じゃ。よぉ頑張ったのぉ』

必死に瞼を閉じていた植田さんの瞼の上に赤の筆ペンでいたずら書きをした加害者がナニカ言っているが、呪いは消えたのでヨシッ！

「少なくとも植田さんにかかっていた呪いの解呪に成功しました。あとは支部の方々に問題がないか確認お願いします。あ、田中さんの分は解いておりませんが、大丈夫ですかね？」

「ありがとうございます！　田中はそのままで問題ありません！　むしろこのままでお願いします！」

今日一番の笑顔を見た。

「かしこまりました。本日はお疲れ様でした」

これにて終了。

ちなみに消えたのは入間支部の人間に掛けられた祟りだけなので悪しからず。

『二重取りするつもりじゃな！』

二重どころか、まだ協会のほかの支部、教会の日本支部、中津原、それらと関係がある政治家と、その友人知人の分が丸々残っておりますがな。

政治家や友人知人の分はそれぞれが立て替えるとしても、あと三回くらいはいけそう。

『三つじゃと？　このいやしんぼ！』

数日後またここに来てください。

見せてあげますよ。

本当の呪いってやつをね。

『遅くとも明日中に来ると思うがの』

来るでしょうね。埼玉県内や東京都内において目に違和感がある人たち全員のリストと、その人たち全員を解呪できるだけの玉串料を持って。

『ぼろ儲けとはこのことよ！』

うむうむ。田中が全部悪いとはいえ、植田さんの胃が心配になるぜよ。

『一銭たりとてまけてやらんがの』

当然ですな。

⑤

「本日は早朝から押しかけてしまい、誠に申し訳ございませんでした」

「いえ、事情は理解しております。早く支部に戻って田中さん以外の職員さんを安心させてあげてください」

田中は熱した鉄板の上で土下座してどうぞ。

「お気遣いありがとうございます。そのようにいたします」

文字通り肩の荷が下りたのだろう。にっこり笑いながら車に乗って去っていった植田さんに頭を下げてお見送り終了。

今日の夜や明日の朝も今と同じ表情ができるかどうかは未来の彼女次第。

ともかく、わずか数分の儀式で一〇〇M《メガ》円単位の玉串料を稼ぐことに成功した日曜の朝。皆様いかがお過ごしだろうか。

『十四年と数分、じゃよ』

フルネームが長すぎて本人すら覚えていなかった説がある某有名芸術家がごとき理屈であるが、

間違ってはいない。実際向こうも数分の儀式に玉串料を支払っているとは思ってはいないだろうから、儀式の長さで文句を言われることはないはずだ。

『大事なのは結果。呪いが解けたという結果が全て。力こそ正義であり、それができる力を持つ我らこそが正義。つくづく良い時代になったもんじゃのう』

力云々は、今に限らず昔からそうだったのではないかと思わないでもない。まぁいいけど。

「おにいちゃ～ん。お客さんは帰った～？」

お見送りを終え、母屋に戻って着替えようとした俺にかかる猫なで声。

こんな声で俺を呼ぶ人間は、この世界に二人しかいない。

母の美紀子《みきこ》か、妹の千秋《ちあき》だ。

『そりゃそうじゃろ。お主の母と妹以外にお主のことを兄呼ばわりする奴なぞ……いや、従姉妹もおったな』

確かに妹と同い年の従妹は俺を兄扱いしてくるが、彼女は叔父さんの教育のせいで家の歴史を重く見ているようで、俺を呼ぶときは兄上呼びしてくるんだよな。

そんな御大層なもんじゃないと言っても謙遜しているだけだと思っているみたいだし。ちゃんと教育してほしいところである。

『その叔父には兄貴、つまりお主の父に辺鄙な神社を継がせたという罪悪感もあるんじゃろうて』

確かにそれはあるかも。

なにせ神様がいなければウチは今も神社庁からの補助金で細々と暮らしていただろうし。

極貧生活から逃げ出せた叔父さんからすれば、家を護るためとはいえ兄を一人残していったことが後ろめたいのかもしれない。

『食卓に魚が並ぶのはたまたま時間ができた父親が川に行って釣ったときだけ。肉に至っては年に数回しか見ることがなかったからのぉ』

それな。昔「魚は食えるのになんで肉を食わないの？　宗教的な理由？」って聞いたときに「贅沢していたら補助金を減らされるからだよ」と真顔で語られたときはどうしようかと思ったよ。

『宗教関係なかったからのぉ。いや、蛇を祀っとる神社で肉が駄目なわけないいんじゃが』

神様が肉食なのに肉を禁じるはずがないわな。

クリスマスプレゼントがないのも普通に経済的な理由だったし。

そんな悲しい（とはいってても神社業界ではありきたりな）状況が一変したのは、およそ二年前のこと。具体的には、俺が退魔士となってから約二カ月後のことである。

『第一回干眼祭りじゃな』

そう。今は第二回の真っ最中のこれである。

第一回のとき、向こうもなんとか自分たちで解呪しようとしてウダウダやっていたようだったが、最終的に無理だったのでウチに頭を下げに来たのだ。

『このとき妾は閃《ひらめ》いた。「こやつらから玉串料を取れるのではなかろうか？」と』

神様に言われた俺は、なんのことかわからずに戸惑っていた父親に代わり、当時の植田さんと交渉を行い、見事玉串料を得ることに成功したのである。

その額およそ一〇〇M円。

もちろん宗教法人に対する玉串料なので非課税対象。金はあるところにはあるんだなぁと実感した瞬間であった。この臨時収入は、古いには古いが戦前に改修していたため歴史的価値が一切なかった（言葉を飾らずに言えばただのぼろ屋だった）母屋のリフォームに充てられた。

『当時は趣《おもむき》の塊じゃったもんな』

本当にそうとしか言いようがない。前の家は。二〇世紀に建てられた一般的な家屋にはない味があったのは事実だ。しかしながら、そんなの見ている分にはいいかもしれないけど、実際に住む人からするとただのぼろ屋でしかない。

宗教的な理由で改修していなかったわけでもなかった（むしろ神様から『これ、いい加減改修したほうがよくない？』と言われた）ため、満場一致でリフォームすることに決まってから数カ月。

なんということでしょう。

随所に隙間風が吹いていた純和風家屋が、各所に洋式機能を取り入れた機能的和風家屋へと変貌を遂げたのです。

『匠は一切関係なし。普通に土建屋の仕事じゃったな』

普通が一番ですよって。まず母屋の外にあったトイレが家屋の中に収納されただけでなく、汲み取りポットン式だったそれが洗浄機能付き水洗洋式トイレに替わり。

次いで、昭和の終わり頃から使われていたシンプル洗濯機が乾燥機付きドラム洗濯機に替わり。

同じ頃に購入されたと思しき二ドア冷蔵庫がドアや引き出しが沢山ある最新型冷蔵庫に替わり。

夏にはカビ、冬には結露、年中通して虫と錆に悩まされていた台所が、合金製シンク付き多機能キッチンへと替わり。ぼろぼろだったガスコンロも、ＩＨとガスコンロの二刀流へと替わり。鍋や炊飯器も新型になったし、それまで存在すらしなかった電子レンジも導入された。

風呂が薪で温度を調節する薪風呂からボイラー付きのユニットバスに替われば、母屋に一台しかなかったテレビが一部屋に一台配備されたし、各部屋にエアコンと床暖房付きストーブが付いた。

なんなら全自動で動く掃除機もある。

さらには妹が欲しがっていたスイッチ的なゲーム機やパソコンも買えたのである。

『リフォームっつーか、ただの改築、いや、新築じゃもの。そりゃ匠の出番はないわな』

改修、改築、リフォーム、新築。それらの言い様はともかくとして、一連の変革を受けて家族はみな喜んだ。母親と妹に至ってはマジ泣きして喜んだ。

『そらそうよ。この家で生まれ育ってきた父親と違って、母親は余所から来たんだもの』

行ったことがないので母親の実家がどんな家かは知らんけど、ここより酷いということはなかったはずだ。おそらくだが、彼女は初めてこの家を見たとき、軽く絶望したのではなかろうか。

『外観を見て一回、中を見て一回、家具を見て一回、暮らしてみて一回。少なくとも四回は絶望したじゃろうな』

きつい（確信）。

さらには俺らを養うためにパートまで……お労しや母上。

それらが改善された（少なくとも家事の負担は大幅に軽減された）ことで母が喜ぶのは当たり前

のことだった。

妹は妹で、幼いながらも自分の家が友人を呼べるような家ではないことを自覚していた。かといって愚痴を広めて家の評判を落とすわけにもいかないので、周囲に見栄を張る必要があった。

家が古いのは歴史ある家だから。

家でおやつを食べないのは、宗教的に甘いものを控える必要があるから。

テレビや漫画のことに詳しくないのは、宗教的にそういうのを控える必要があるから。

ぬいぐるみやスマホやスイッチ的な玩具を持っていないのも宗教的な理由があるから。

良い子にしていてもクリスマスプレゼントが貰えないのも宗教的な理由だし、ようつべやチクタクを知らないのも家が神社だから仕方がない。

そう周囲に嘯きつつ、自分を納得させていた。

だが、そんな感じで友人との間だけでなく自分の中にまで壁を造ってしまった妹は、虐めには遭っていないものの、周囲から距離を置かれる存在となってしまっていたらしい。

『距離を置かれるだけで済んだとも言えるがな』

虐められなかったのは単純に神社の娘さんだからだろう。あと俺がいたから。

一人になってしまった妹は、自分の状況を孤独なのではなく孤高なのだと誤魔化していたようだが……正直十歳の少女が孤高に目覚めるのはどうかと思う。

『自分を納得させるにはそれしかなかったんじゃろうなぁ』

それでも家族に文句を言うことがなかったのだから、できた妹である。

思わず涙が出そうになるほど健気に頑張っていた我が妹であったが、ある日その生活が一変することになる。

まず、家が新しくなった。

外観だけでなく、トイレや風呂も新しくなったことで、友達を呼んでも恥ずかしくない家になった。

それだけではない。自分だけの部屋、自分だけのエアコン、自分だけのテレビ、自分だけのベッド、自分だけのパソコン等々、冗談抜きで夢にまで見ていたほど欲しかったものが得られたのである。

幼い女の子がこれに喜ばないはずがない。

変わったのは住環境だけではなかった。

食卓に、父が釣った川魚ではない、市販されている魚や、年に数回しか見ることがなかったお肉が並ぶようになった。

おかげで牛肉と豚肉の違いがわかるようになった。

鶏肉がニワトリの肉だと知った。

さらには部位により味が違うことも理解した。

冷蔵庫を開ければプリンがあった。

水や麦茶以外にも、ジュースを好きなときに飲めるようになった。

冷凍庫には自分用のアイスだってある。

クリスマスプレゼントも貰えた。

クリスマスにケーキを食べることもできた。

巫女装束以外で初めてお下がりじゃない服や靴を買ってもらった。

初めて貰ったお年玉で可愛い靴下を買ったときは泣きそうになった。

こうして彼女は、衣・食・住の全てが変わったことを実感したのだ。

「神は、いた」

そんな彼女にとって、新しい家こそが高天原だった。

故に、自分をそこに誘《いざな》ってくれた兄こそ主神であり、現人神《サンタクロース》だった。

だからだろう。

「おにいちゃ～ん」

気付いたら妹は俺に依存するようになった。

最初はあまり良いことではないと思って、適度な距離を保ちつつ自立を促そうとしたのだが、それは神様に止められた。

『元々がぼっちじゃからな。一応中学デビューを考えとるみたいじゃからそれまでは我慢してやれ。……お主が突き放したら心が壊れるぞ』

そんなことを言われて距離を取れるほど俺は鬼ではなかった。

前世の魂の影響か、思春期にありがちな「恥ずかしい」って気持ちがなかったのも大きいと思う。

妹のためには良くないとは思いながらも、懐かれて悪い気はしなかったのもある。

『蔑まれた目を向けられながらクソ兄貴とか言われるよりはよかろうもん』

そういうことだ。

妹との距離感はこんな感じなので、彼女がこうして猫なで声で接近してくることは珍しいことではない。しかし、この時間はプリティでキュアっキュアな日朝アニメを観ているはず。

今よりも幼かった頃にできなかったものを満喫するのに全力を注ぐことを唯一の趣味としている妹が、なぜこの時間にここにいるのだろうか？

それがわからない。

「んふ～」

彼女のことをよく知る兄として抱いて当然の疑問に対する答えは、妙に上機嫌な本人から明かされた。

「さっきの人って前に来た人だよね？　また玉串料貰えたの～？」

上目遣いでなにを言うかと思えばこれである。

目が¥マークになっているようにしか見えん。

来年中学生になる子供の目か？　これが。

『子供が自分の欲に忠実なのは当たり前のことではないか。無論、節度を忘れてはいかんがの。それを教えるのがお主の仕事じゃよ』

言われてみれば、確かにそうかもしれない。

なにより、兄として妹に教えることがあるのはいいことだ。そう思うとしよう。

父親？　妹はあの人の話を聞こうとしないから。

『こやつにとって地獄のような状況を改善したのはお主であって、父親ではないからのぉ』

そもそもあの人が熱心に祈ったからこそ俺が生まれることができたんだが……その辺は追々教えていこう。さしあたっては植田さん＝玉串料という認識を改めさせなくてはなるまい。

「今度はいくら貰えたの？　今度はなにを買うの？　私、新しい車を買うべきだと思うな！」

目をキラキラと光らせながら極めて俗物的な発言をかました我が妹を見た俺は、まず最初に「あの人はあれで結構なお偉いさんで、敵に回したら色々と面倒になる人なんだから、玉串料扱いはやめなさい」と、自分が金蔓としてしか見ていないことを棚に上げつつ、極々一般的な常識を教えることにしたのであった。

⑥

当たり前の話であるが、いきなり数百M円単位の金を得てしまうと色々な面倒が生じるものだ。

わかりやすい例としては、宝くじが当たったと同時に両親も知らない、もしくは知ってはいるものの、これまでなんの接触もなかった（というか接触を避けていた）親戚が連絡をしてくるようになるという話は聞いたことがあるのではなかろうか。

ウチも二年前に改築したときは親戚を名乗る不審者から連絡が来たものだ。

また、この業界は狭いので、協会から大金を巻き上げたという情報はすぐに広まってしまう。

そのため、ほかの神社関係者から嫉妬されてしまうことになりがちだ。

これに関しては正直同じような経験を積んだ者として彼らの気持ちもわかる。

今もボロい家で暮らしているであろう同業者の皆さんに対して同情を禁じ得ないのも嘘ではない。

だが、ウチも上から目線で施しができるほど余裕があるわけではないため、向こうが挨拶という名の様子見に来たときに限り「母屋を改築したら協会から巻き上げたお金が全部なくなった」と言いながら、お気持ちとして数万包む程度の施しをすることでお茶を濁している。

ちなみに現在一番繋がりが強い中津原家は一〇〇M単位でどうこう言うような家ではないし、次に関係が深い鷹白家（環の実家）は、過去に環の命を助けたり、環のレベルを上げたり、異界探索のノウハウを教えたり、俺を通じて中津原家との知己を得たことなど、様々な恩恵を受けているので俺が協会から金を巻き上げた程度では文句を言ったりはしない。

もちろん向こうは貰えるのであればなんでも貰うだろうが、頼まれない限りはこれ以上の施しをするつもりはない。そんなプラトニックな関係なのである。

『頼まれたら援助するんか？』

そらするよ。知り合いだもの。ただしこっちが困窮しない程度に限るけど。

不公平と思われるかもしれないが、知り合いとそうではない人間を区別するのは人間として当然のことだと思う。

とはいえ、今回に関しては早苗さんの事情に巻き込んでしまった形となるので、中津原家から謝罪と相応の慰謝料が支払われるだろうから、俺が心配する必要はないと思っているが。

鷹白家と中津原家の間でどのような話し合いがもたれるかは不明だが、とりあえず金があると思われると際限なく集《たか》られるのがこの業界の常識だと覚えておけばいい。

故に周囲に大金を得たことがバレている中で金を使わないのは悪手でしかない。

ついでに言えば、玉串料とはいえ金額が大きいとマネーロンダリングが疑われるので、溜め込むのも推奨しない。そういった諸々の事情があるため、妹が言うように周囲にわかりやすい散財として車を買うという選択は決して悪い考えではない。

もっとも、中学デビューを狙っている妹の考えとしては、自分の送迎の際に使われる車がウン十年前のカローラでは格好がつかないとかそんな感じなのだろうが。

思春期な妹の思惑はさておいても提案自体は悪いモノではない。だが、普段使いしている車を高級車にすると周囲からのやっかみを招きかねないという問題がある。

『寺の住職がフェラーリに乗っていたら怒られる問題じゃな』

それだ。個人的には坊さんがなにに乗ろうがその人の勝手だと思うのだが、世の中にはそう思わない人もいる。坊さんとしても、自分に関係のない人間がいくら騒ごうが気にすることはないだろう。だが、檀家の人から文句を言われてしまうと対処しないわけにはいかなくなる。

その結果、選ばれたのがカブ《原付》だ。

『黒い法衣を着込んだ坊さんとカブの相性は異常』

似合っているのは確かだが、やはりあのチープさが檀家さんにも受けるのだろう。

もし坊さんがサイクロン号に乗ってきたら檀家さんもビックリするからな。

『絶対檀家《目的地》がショ○カーのアジト扱いされるじゃろ』

それはそれでオイシイかもしれない。

なにが言いたいのかというと、つまるところ、移動の際にカブに乗る坊さんが多いのは、偏に面倒な批判をかわすための彼らなりの処世術なのである。

『イメージって大事よな』

全く以てその通り。程々が一番なのだ。

それに鑑みて、ウチである。黒いセンチュリーのような厳つい車にしろとは言わないが、かといって今使っているウン十年もののカローラもよろしくない。なにせ神主さんが乗っている車があまりにも古い車だと周囲から「こいつ、大丈夫か？」と思われてしまうからな。

だから適当な車を買うことについて異論はない。

異論はないのだが、我が家には先にやるべきことがある。

「やるべきこと？」

車を買うことに反対したわけではないので、妹の機嫌は良いままだ。

それどころか「またなにか新しくなる！」と期待しているようにも見える。

そんな妹の期待に添えるかどうかは不明だが、俺は今回得られるであろう臨時収入でやるべきだと思っていることを口にする。

「社務所と授与所。さらには御社殿の改修をしたい」

「あぁ～！」

神社の娘である妹も納得の使い道である。

社務所とは、神社内にある神主や巫女さんの職場兼待機所のようなところだ。

母屋と併設している神社も多い。ウチも改築する前はそうだったが、今は独立した形になっている。

授与所とは参拝客が破魔矢やお守りなどを買うところである。

こちらも社務所や母屋と併設しているところが多い。

御社殿とは、拝殿・幣殿・本殿のことを指す。

拝殿は文字通り参拝客が拝むところ。

幣殿はお供え物が添えられるところ。

本殿は神様のおわすところ。

どれも参拝客の目に入るため、ボロいと神社の評価に関わる場所である。

特に拝殿。

基本的にウチを含む神社の大半は、そのどれもがボロい。

歴史がある云々以前に、改修すべきところもできていない有様だ。

なんなら雨漏りさえしなければそれでいいと割り切っている神社が大半だろう。

当時はウチも同じような状況だったので最初に御社殿を改修しようとしたのだが、その際、神様から『母屋を先にやれ。こっちはあとでいいから』と言ってもらえたので母屋を先に改修したという経緯がある。

『そらそうじゃろ。いくらなんでもあの家はあかんて』

神様はこう言ってくれるが、本来であれば神社関係者にとって御社殿こそ真っ先に改修しなくてはならない場所なのである。

『ま、本殿つっても実際に妾が住んどるわけではないからの』

それについては、まぁ、あくまで神様がおわすところだからね。ウチの宗派の場合だが、神様は天津神でいう高天原のような場所にいるので、本殿は神様が降りてくる場所であっても住んでいる場所ではないのだとか。

わかりやすく言うのであれば、本殿は神様と交信するための祭壇のような役割を持つ建物であって住居とは違うという認識なのだ。

そういう認識なので、綺麗ならそれに越したことはないが、必ずしも新しく在る必要はないらしい。

『汚いのは論外じゃがな』

当然ですな。その点ウチは、神様のおかげで俺が生まれたということもあって父親が熱心に管理をしているため、綺麗なものである。神様も今まで御社《おやしろ》の扱いに不満を抱くことはなかったそうな。

ついでに言えば神様は神様でテレビやパソコンから得られる情報を欲していたため、そういうのが得られない御社殿よりも母屋の改修を優先させたという事情もあったりなかったりするとかしないとか。

『どんな狙いがあったとしても、誰も不幸にならんかったからこれでヨシ！』

俺としても御社殿を先に改修していたら妹の心はもっとアレになっていただろうからこれで良かったと思っているので、神様には感謝しかないのであるが。

「そうだね！　社務所とか授与所も新しくしないとね！」

妹よ、御社殿よりもそっちか。

いや、職場が汚いよりは綺麗なほうが良いというのも当たり前の話ではあるのだが。

特に妹の場合は、正月などになると巫女装束を着込んでお守りの販売などを手伝わされるからな。

古くて隙間風が吹きまくる授与所が、新しくて暖かい場所になるのであれば文句はないだろう。

『ただでさえ寒いのに、客もパラパラしかこんからのぉ。尚更寒いじゃろうて』

マッチ売りの少女ならぬ、お守り売りの少女である。

誰も来ない授与所で震えながら待機する小学生。聞けば聞くほど悲しい環境だな。

そんなところで数年前から働いていた（もちろん無給奉仕）妹はもう少し報われても良いと思う。

「新しくなったらお客さん増えるかなぁ」

参拝客をお客さんと言うのはやめなさい。確かに客って字は入っているが、あれは神様を拝むために参じた客、つまりは神様へのお客さんのことだから。

あと、建物の見た目と参拝客の増加に関連性があるかどうかは不明なので、変に期待しないほうが良いと思う。

『ま、客の入りはともかくとして。施設が新しくなることで友人が来たときに恥ずかしい思いをしなくて済むならそれはそれで良いことなんじゃろうよ』

あぁ。友達や周囲の神社関係者に対して自慢の種になる、か。

かなり即物的な考えだが、神様が文句を言わず、妹本人も満足しているならそれでいい。

人間なんてそんなものだからな。

⑦

（死ぬかと思った）

別れ際に見せた笑顔から、暁秀からは「今頃は呪いが解けてルンルンに浮かれているか、もしくは屈辱で顔を歪ませているんだろうな」などと思われていた西尾家の金蔓こと植田桂里奈は、職員が運転する車の後部座席で表情を歪ませながらガタガタ震えていた。

歓喜でも屈辱でもなく、純然たる恐怖を感じて。

（なんだアレは。なんなんだアレは⁉）

彼女は名門出身であり、自身も深度三の異界を探索できる程度には実力のある退魔士である。

だからこそ気付いた。気付けてしまった。

（あそこは……異常だ）

田舎町にあるしがない神社は、二年前に訪れた際とは明確に違っていた。

家屋が新しくなったのは関係ない。

犯罪に使わないのであれば渡した金をどう使おうが向こうの勝手だし、なにより新しくなった今よりも、前のほうが色々な意味で「大丈夫か？」と言いたくなるような状態だったのだから、それが改善されたことに恐怖を感じることはない。

よって桂里奈が恐怖を感じたのは交渉をした母屋ではなく、儀式のために入った本殿であった。

(ヤバかった。もし事前にお茶とかを飲んでいたら間違いなく漏らしていた)

正直なところ桂里奈は暁秀との交渉の最中、内心で「お茶くらい出せよ、このクソガキ」と思っていたのだが、今となってはそれが思い違いであったことを自覚していた。

暁秀はわざとお茶を出さなかったのだ。

儀式の前になにかを飲んでいたら間違いなく漏らしていただろうから。

彼のわかりにくい優しさのおかげで彼女の社会的地位は保たれた。

桂里奈は飲み物を出さない優しさもあるのだと知って、暁秀に感謝した。

文字通り、謝りたいと感じていた。

しかしながら、暁秀に感謝することとあの場にいたナニカに恐怖することは全くの別問題である。

必死に瞼を閉じていた際、桂里奈はすぐ近くに上位者の威を感じた。

それはまるで自分を品定めしているかのように思えた。

(間違いない、アレは文字通り私を品定めしていた)

餌として喰らうためなのか、それとも契約者であるあの子供に仇成す存在かどうかを見ていたのかは知らないが、少なくとも桂里奈には自分が見られていたという確信があった。

それだけではない。瞼の上から、柔らかく、生温いモノに触れられた感触があったし、儀式が終わり車に乗った後で瞼を拭いたら、タオルに赤い液体がべっとりと付着していたのだ。

あれはおそらく蛇の舌だろう。

目を開けていたら抉りとられていたに違いない。いや、目だけで済んでいたとは思えない。蛇系の妖魔は相手を丸呑みする。そして丸呑みされた場合、すぐには死ねない。

徐々に溶かされて死ぬことになる。

もちろん溶ける前に窒息死するだろうが、それがなんの救いになるというのか。

（あのとき、少しでも怪しい態度を取っていたら死んでいたッ！）

己に迫っていた死の近さを思い返し、ガチガチと歯を鳴らす。

そして桂里奈が恐れているのは、実のところ己に死を齎しかけた上位者だけではない。

（なんで、なんであのガキはあれだけの存在を呼び出しておきながら平然としていられるんだ⁉）

あのとき自分の傍にいたのは間違いなく神クラスの妖魔だ。

召喚した暁秀がそれを知らないはずがない。

祭神だから大丈夫だと思った？

妖魔のほうが己の信者だからと恐怖を感じさせないよう気遣っている？

（わからない。なにもわからない。だが一つだけ理解したことがある）

それは、暁秀とは絶対に敵対してはならないということだ。

（差し当たっては今後の関係だ。本人が特別扱いを望んでいない以上、みだりに接触しないほうが良い）

名家出身の桂里奈は、周囲から注目を浴びることを悪いこととは思っていない。

だがそれは周囲からのやっかみやらなにやらを捌ける立場にあるからだ。そういった後ろ盾がない人間にとって注目を集めることが良いことではないことくらいは知っている。

（霊的な後ろ盾という意味では今のアレに敵うモノはそうそういない。だが社会的な後ろ盾となると……）

中津原家との繋がりは悪いモノではないが、かつてのそれとは違い、今の中津原家は弱体化している。それこそ一介の協会職員が本家筋の娘に害を加えようとするくらいには。

（そういえばそれが今回の元凶だったな）

みだりに接触しないことと実家を巻き込んで暁秀の社会的な後ろ盾になることを両立させる方法を考えつつ、桂里奈は今回の件の大本と後始末について考えを巡らせる。

今回自分が呪われたのは間違いなく部下である田中経由だ。

その田中が呪われたのは教会経由だろう。

自分が目の痒み程度に収まっているのに対し、教会の支部長が失明したのは、それだけ強い力のある術を返されたからだと考えれば辻褄は合う。

（そこまではいい。ん？　いや、まて。もしかして、このままではヤバいのでは？）

このとき、桂里奈の脳裏にとある可能性が浮かび上がった。

例の呪いは、呪われた人間を基点として際限なく拡散する性質を持つタイプの呪いだ。

基点に近いほど強く、拡散する都度呪いは弱体化するが、それでも日を追うごとに目に違和感を覚えたり、徐々に視力が落ちることになるだろう。

（それは別にいい）

自分たちはすでに解呪されているのだ。桂里奈にとってなんの関係もない教会の連中がどうなろうと知ったことではない。

問題はこの呪いの効果ではなく特性、もっと言えば発動条件にある。

この呪いの発動条件は、暁秀に対してなんらかの観測や監視系の術式を飛ばすことにある。

なにもしなければ呪われることはないという、ある意味では良心的な呪いだが、逆に言えば術式を飛ばす存在がいればずっとカウンターが発動するということだ。

今回はそれがネックとなる。

前回の場合、暁秀に術式を飛ばしたのは入間支部の関係者だけであった。

だから解呪ができないと判断された時点で、暁秀に対して術式を飛ばすような奴はいなくなった。

だが、今回は教会という外部勢力も関わっている。

想像してほしい。教会側の人間が、自分の組織の日本支部長が呪詛によって失明した場合どのような対応を取るかということを。

（まずいかもしれん）

日本支部長が失明したことを受けて、その原因を探ろうとはしないだろうか？

その方法は術式による逆探知ではないだろうか？

その術式が【自分に対する観測の術式だ】と認識されたらどうなるだろうか？

(返される。間違いなく)

さらに問題は続く。元々協会はその成り立ちから、様々な宗教団体の寄り合い所帯となっている。

そのため協会の職員であった田中が教会と繋がっていたのも特段驚くようなことではない。

それを踏まえたうえで、だ。

まず教会の日本支部は東京にある。

その縁で東京の協会本部に対して呪いの元凶を探るよう依頼が出される可能性があるのではないだろうか?

というか、呪いの発信源が入間支部に登録している人間だとわかった時点で、調査のための術式を飛ばすのではないだろうか?

もし、なにも知らない東京の職員が発信源である彼を探ったらどうなるだろうか?

そこから埼玉の本部や入間支部に連絡が入り、我々に調査や報告をするような依頼が来たらどうなるだろうか?

(再度、呪われる?)

ただでさえ悪かった顔色がさらに悪くなる。

先ほど解呪してもらったのは、あくまで先ほどまで罹っていた呪いである。

言うまでもないことだが、呪いとはインフルエンザと違い、一度治ったからといって免疫ができるようなものではない。

つまり条件を満たせば再度呪われるのだ。そして東京支部の人間や教会関係者が観測の術式を飛ばす可能性は極めて高い。というか確実に行われる。それも単発ではなく何度も。

寄り合い所帯の悪いところが顕在化した瞬間であった。

（そうなったらどうなる？　また呪われるのか？　呪われたらどうする？　また解呪を頼むのか？

部下でもない連中がやらかしたことの尻拭いのために？）

東京の協会長に説明をするのはいい。教会の馬鹿どもに説教をくれてやるのもいい。

あのガキに頭を下げるのもいい。玉串料だって払おう。

だけど、あの空間に再度行くのは、またあの存在に見られるのだけは絶対に嫌だ！

（あぁ。でも、駄目なんだろうな）

現実は非情である。いくら拒絶しようとも、悲しいかな中間管理職にすぎない桂里奈の主張が認められることはない。むしろ率先して動かなければならない。

そんなことは桂里奈本人が一番よく知っている。

高圧的な態度で解呪を迫るであろう東京の連中を宥めるのは誰か。

そんな連中が暁秀の元に行かぬよう泥を被らねばならないのは誰か。

呼び出すことなどできないため再度あの場所に赴くことになるのは誰か。

厚顔無恥に賠償を求めてくるであろう教会の連中に「自業自得だ馬鹿が」と伝えるのは誰か。

最終的に彼を制御できなかったお前が悪いと責められることになるのは誰か。

触れるなと厳命した存在に触れてこの面倒な状況を招いた元凶は誰なのか。

「田中ぁぁぁぁぁぁぁぁ！」

入間支部に戻ったと同時に「東京の本部から問い合わせが来ている」と伝えられた桂里奈は、自宅で「話が違う」と言いながら泣き喚いている職員に対し、あらん限りの呪詛を込めてその名を叫ぶのであった。

⑧

修繕以外の使い道をあれこれ考えていた妹に「母さんと一緒に考えてきたら？　母さんも服とか欲しいだろうし」と言って母屋に向かわせた直後のこと。

『お、どうやら来たようじゃぞ』

ほほう、来ましたか。予想よりも早かったがセーフだな。

もう植田さんが乗った車は見えないし。

『もし見られとったら、妾たちの狙いが気付かれておったじゃろうな』

でしょうね。その場合は次回分の玉串料を貰えなかった、かな？

『減額交渉はされたかもしれんな。なんせ一回一回解呪する意味がないからの』

最後に纏めて消せばいいってか。その通り。それが正解。

植田さんも今頃気付いているかもしれないけど、今更だ。そこは諦めてもらおう。

で、相手の数と所属はわかります？

『正面に三。森に六。匂いからして伴天連の連中じゃな』

教会から九人か。それが多いのか少ないのか。

『多いと思うぞ。お主の実力が〝深度三の異界を攻略できる可能性がある程度〟の場合であれば、じゃが』

つまり俺を殺すには少ないってことですね。ありがとうございました。

というか、神社を襲撃しに来て森に隠れるとか馬鹿なの？　連中の頭は大丈夫か？

『連中、神社にとっての杜がどのようなものかを理解しておらんのじゃろうよ』

所詮は伴天連か。森は杜。神社にとって神域とは参道や御社殿だけではない。神社の周囲にある木々によって形成されている森もまた鎮守の森と呼ばれる神域であることを知らんとは。

森に潜んでいる部隊からすれば隠れやすい森も、神様からすれば庭の一端。つまり丸見えである。

さらに向こうにとって不幸なのは、向こうが隠れているところにある。

『隠れとる連中が行方不明になったとしても、お主らには一切関係がないものな』

そういうことだ。

だってこっちは元からいたことを知らないのだから、それらがどうなろうと知ったことではない。

向こうだって「森の中に潜ませていたコマンド部隊が行方不明になった」なんて言えるはずがない。

俺の知らないところでナニカあったとしても、それは俺が関与するところではない。

だから、森の中に不法侵入している皆さんはここでサヨウナラ。

『いただきます。じゃ』

「「……!!」」

神様がそう告げると同時に森の中から声にならない声が聞こえた気がするが、気のせいだろう。

さて、俺は正面から来たお客さんの相手をするとしようか。

「おはようございます。参拝ですか？」

黒スーツを着てサングラスをかけた、いかにもな三人組に声をかける。

日曜の朝っぽく朗らかな笑顔と口調を心掛けて告げた俺に向けられたのは、朗らかな笑顔と挨拶
……ではなく、銃口と罵声。

「貴様があの呪いのっ！」

「貴様のせいで！」

「神の怒りを思い知れ！」

罵声と同時に銃を撃つ。無駄のない動作だ。これだけ見れば彼らはそれなりに鍛えているし、それなりの場数を踏んだ精鋭なのだろう。だが駄目。それは対退魔士を想定した訓練ではない。

だって、深度三以上の異界を探索するような退魔士に普通の銃は効かないのだから。

「なっ！」

「このっ！」

「なんでっ!?」

なにもせずに突っ立っているだけの子供を殺せないことに焦る三人組。いや、この様子はそれだけではないような？

『ほむ。銃弾もそれなりに改良してあるようじゃぞ。退魔弾ってやつじゃな。もっとも使われておるのは良くて深度三相当の異界で採取できる素材を加工して造った弾のようじゃが』

ほほう。つまり俺が深度三でうろうろしているような退魔士であればこれで殺せたのか。

それなら貴方たちは間違えていなかった。退魔士戦の素人扱いして申し訳ない。

前提が違うから意味はないが。

基本的な話になるが、退魔士がそうでない人たちより強いのは、普段から妖魔と戦っているという戦闘経験に加え、その身に魔力的な力を宿しているからだ。

故に退魔士を殺せる銃弾と通常の銃弾との違いは、銃弾に魔力的な力が込められているか否か。

そして魔力的な力が込められているのであれば、それはどれくらいの濃度なのかという点にある。

当然素材の品質によって込められている魔力的な力の質が変わる。深度二の異界で取れるような素材で造られた銃弾であれば、深度二相当。最大で神様基準でいうレベル一五程度の妖魔や退魔士を殺せるというわけだ。

この技術が開発されたことで、国防軍のコマンド部隊が深度二の異界を探索できるようになり、一部の退魔士に頼っていたために一定以上の量を確保することが難しかった【魔石】などの素材が安定して得られるようになったと同時に、退魔士に対する抑止力ができたことで、一般市民が退魔士を排斥しようとする動きが停滞するようになったそうな。

異界から取れる【魔石】や素材が値崩れしないのも、これが原因だ。

『対退魔士用の兵器はいくつあっても良いですからね』

その辺のことは追々語ることもあるだろうが、今は目の前で引き金を引き続けている三馬鹿である。

俺のレベルは五五相当。異界の深度でいえば五の上位だ。現状深度五相当の素材で銃弾を造れるような組織は存在しない。だからこそ彼らが銃を取り出した時点で勝負は決まっていたのだ。

『油断？　これは余裕というやつじゃよ』

まさしくその通り。

「「「う、うぉぉぉぉ！」」」

つーか、撃ちすぎじゃね？

肉体を強化して防いでいるのではなく肉体の周囲に展開している魔力そのものによって銃弾を防いでいるのだから、眼を狙おうが口を狙おうが意味はないぞ。

『無駄無駄無駄無駄無駄無駄ぁぁ！』

貧弱なことだ。深度三相当の素材を使って造られた銃弾が勿体ないとは思わんのかね？

『死んだらそれまでじゃからな。そらエリクサーだって使うじゃろ』

俺は使わないで持っておく派なのでその気持ちはわからない。

しかし、十分に訓練されたエージェントに改造された銃を持たせたうえで、コマンド部隊まで配置していたのは、どうしてだろう？

俺の実力を知っているのであれば過小。知らないのであれば過大なのだが。

『お主が力を隠しておる可能性や、途中で中津原の関係者が援軍として現れることを警戒しとるんじゃろうよ』

なるほど、援軍か。納得。

「ど、どういうことだ⁉」

彼らがキョロキョロ周囲を見回しているのは、俺を殺せないことだけではない。

本来であればこの時点でコマンド集団が俺を襲うか、家族を襲撃する予定だったのだろう。それが来ないからこそ慌てているのだ。

目の前の敵が自分たちでは絶対に倒せない敵だと理解させられたうえで、援軍が来ないとなれば彼らが焦るのも無理はない。

『知ったこっちゃないがの』

その通り。いきなり銃をかましてくるような敵に容赦する必要はないし、そのつもりもない。

「だから、とりあえずぶちのめす」

西尾神拳の恐ろしさを知れ。

「とりあえず？　舐めるな！」

「そう簡単にやられると思うなよ！」

「くたばれ！」

悪党《異教徒》の言い分は聞こえんな。

無意識に展開していた魔力を意識的に固めて防御力を増すと同時に、足と腕に魔力を回して脚力と腕力を強化。それが終わったら石畳を壊さない程度の力で踏み込んで間合いを潰す。

「「「なっ⁉」」」

瞬時に間合いを詰めたことで仰天した阿呆どもを、強化した腕で。

殴る。「アベッ！」

殴る。「グボッ！」

殴る。「ガハッ！」

これが西尾三回拳だ！

『三回殴っただけじゃろうに。しかし、簡単にやれたのぉ』

そりゃね。今の俺の身体能力を以てすればただの案山子ですから。

ただまぁ、潰すのは簡単だが、問題は処分方法なんだよな。

なにせ彼らはコマンド部隊と違って正面から来ているから、目撃者がいる可能性がある。その場合、行方不明にしたら不自然さが残ることになる。

『かといって殺しも駄目。正当防衛なので罰せられることはなかろうが、こやつらが持ち込んだ銃弾で主が殺せないことがばれるのはよろしくない』

ですね。あ、コマンド部隊以外の監視役についてはどうです？

『少なくとも境内の中にはおらんな。外にいたとしても、外からは音も聞こえんし、映像も見えんようにしておるからそちらについては問題ないぞ』

ありがとうございます。

さて。そうなるとこいつらをどうするか。

『中津原家に投げたらどうじゃ？　連中も教会に対して色々言いたいこともあるじゃろうし』

それはいいかもしれない。なら証拠の銃や銃弾は全部回収しましょうか。

あと中津原家に送るのであれば、彼らの両腕と魂はいらないと思いませんか？

肉体があれば身分を照合できるし、それだって一部がなくても十分だと思うんですけど。

名付けてタケミナカタの刑である。

『ふむ。情報の漏洩と逃亡や反撃防止じゃな。確かに中津原の連中は妾のことを知っておるから、襲撃者の腕と魂がなくなっとっても違和感は覚えないじゃろ』

でしょう？　中津原家の連中に対する警告にもなりますし。あとこいつらって深度三の魔物と戦える装備を持った連中ですから、その体や魂も神様にとってそこそこ良い栄養になるのでは？

『所詮深度三相当の栄養じゃが、まぁないよりはマシかの。さっきのコマンドどももそれなりではあったし』

ならよかった。神様の栄養補給に役立つのであればこいつらも浮かばれるだろう。

そうと決まればさっさと本殿まで運ぼうか。

奉納は本殿で。それが神社の常識であるからして。

『様式美じゃな』

そうそう。様式は大事。古事記にもそう書いてある。

「凄い音がしたけど……おや、その人たちは？」

「あぁ、これ？」

銃撃の音を聞きつけたのか父親がエントリーである。

普通であれば隠すのだろうが、こういうのは隠すと面倒になることが確定しているので、俺はできるだけ隠し事をしないようにしている。

『無警戒のまま出かけられて人質とかになられても困るからの』

そういうことだ。

「これはウチを襲撃しに来た人たちだよ」

「ほう？」

連中の素性を明かしたら温和な表情が一変したが、自分の家を襲撃された父親としては当然の反応だろう。

「神様が気絶させてくれたけど、見ての通り銃を持っているでしょ？　起きたときに反撃されたりしないように、今のうちに腕とか魂の一部を神様に奉納しておこうと思ってね」

「それはいい。是非そうしなさい。あぁ本殿に運ぶのか？　手伝おう」

「ありがとう。助かるよ」

「はは。気にするな」

これが気絶している三人を前にした親子の会話である。

一般人からすればサイコパスそのものの会話かもしれないが、実のところ退魔士業界としてはあまり珍しい話ではない。

誰だって超常の存在に襲われたらその力を無力化しようとするだろう？

これが軍人や傭兵なら【腕を折る】となる。

退魔士はその方法が【腕を奪う】となる。それだけの違いでしかないのだ。

ましてや父親からすれば、相手は日曜の朝から襲撃を仕掛けてくるような輩である。

まともな人間であろうはずがない。

加えて言えば、連中の狙い通り、もし俺がなにもできずに殺されていたら自分や妻や娘だって殺されていた可能性が極めて高い。そう考えれば、父親の中に襲撃犯の腕を奪うことに対する躊躇が生まれないのは当たり前の話である。

「神様に奉納するのは腕と魂の一部だけでいいのかい？」

神様が白蛇の化身と知っている父親は、神職として神様に彼らを奉納することに否はないのだろう。

ただ純粋に、中途半端は神様に悪いんじゃないかと考えているようだ。

相変わらず信心深いことだが安心してほしい。

「神様の許可は取っているから大丈夫。それとこの襲撃犯どもは中津原家に送るからね。重要証拠に死なれたら困るんだよ」

森の中に六人いた？　知らんな。

「へぇ。中津原家が関係しているのか。ちなみにこいつらの所属はもう判明しているのかい？」

「教会だってさ」

「教会か。なるほど。だからさっき植田さんが来ていたのか」

「そういうこと」

おそらく父親の中では植田さんが警告をしに来てくれたということになったのだろう。

俺としてもそう思ってくれたほうが楽なのでわざわざ訂正したりはしない。

隠し事はしないのはどうしたって？

知ってもしょうがないことを明かしていないだけだからセーフ。

「そんなわけだから、これから数日は教会がうるさいと思う。でも神社の中なら神様が護ってくれるから、あまり出ないようにしてほしい」

「了解。千秋の学校はどうする？」

「んー」

そこなんだよなぁ。

父親と母親はここが職場だから数日籠もるのも問題ない。

だが小学生の千秋には学校がある。

いくら孤高に目覚めているとはいえ、ウチの事情で休ませるのはよろしくないと思うんだが……。

『どうじゃろうな。むしろ休ませたほうが良いのでは？』

そう思います？

『友人がおらんのであればやるべきことは勉学のみ。それなら両親に教えさせればよかろ。なにより寺子屋なんぞ命の危険を顧みずに行くようなところでもあるまいて』

確かに。あと昔は給食を食べさせるって目的があったが、今は家でもちゃんとした食事ができるから無理に学校に行かせる必要はないのか。

『そういうこっちゃな。孤独云々に関しては両親に内緒にしておるようじゃから、その辺は触れないようにしてやれ』

了解です。

「休ませよう。襲撃の危険性を考えれば、わざわざ学校に行かせるべきじゃない」

「それもそうか。ウチの都合で学校を休ませるのは心苦しいけど、その辺は我慢してもらうしかないね」

「だね。千秋には俺から言っておくから、母さんと学校への説明は頼んでいい？」

「わかった。適当な理由を見繕っておくよ」

さすがに宗教的に対立しているところから襲撃されたから休ませるってのは物騒すぎるからな。その辺の言い訳を含めた社会的なあれこれはこの人に任せておけば問題はない。

金や退魔士としての能力はなくとも、社会的な立場や信用は俺なんかよりもよっぽど持っている人なのだから。

なにはともあれ、これにて一連の後始末も終了である。

# 4 後始末は終わったと言ったな。あれは嘘だ。

①

「死にたくないですぅ。死にたくないですぅ」

「「「……」」」

さて、中津原家に襲撃犯という物的証拠を引き渡した後のことを簡単に説明しよう。

まず中津原家では、とある分家の次男坊が眼球ごと視力を失うという痛ましい事件が発生するとほぼ同時に、今回の件に関与した間抜けが全員確保されたそうだ。

確保された間抜けどもは尋問の後で中津原家が管理している異界にボッシュート。

それ以来そいつらを見た者はいない。尋問の結果、判明した今回の流れの概要は以下のようなものだ。

まずその連中は今の当主、つまり早苗さんの伯母さんと、前当主、つまり早苗さんの父親が不仲だと思っていたらしい。

『まぁ、普通に考えればそうだわな』

詳細を知らない人間からすれば、いきなり当主が交代したと思ったらその後任が他家に嫁いだはずの姉だもの。円満に譲渡されたとは思わないだろう。

その点で勘違いをした件の連中は、まず現当主である伯母さんにとって前当主の娘である早苗さんは、彼女の権力を確固たるものとするために邪魔となる存在だと考えた。

『これもまぁわからん話ではない』

嫡流である早苗さんが生きている限り当主の座を奪われる可能性があるもんな。

そこでその連中の代表、面倒だからAとするが、Aは早苗さんを罠にかけて殺すことを考えた。

これだけなら伯母さんに対するすり寄りでしかない。

だがこのAはもっと小賢しいことを考えていた。

なんとAは、早苗さんが死んだらそれを伯母さんのせいにしようとしたのだ。

『管理の不行き届きとかそんな感じを予定しとったらしいの』

そうすれば、それを口実にして前当主を担ぎ出そうとしている一派が伯母さんを排除するために動くと考えたわけだ。

『ここまではまだなんとか理解できなくもない』

そうして現当主派と前当主派を争わせ、双方が疲弊したところに、教会の力を借りたAが現れる。

『ここからがわからん』

このとき双方に力が残っているのであれば両者の間を仲立ちすることで自分の権威を高める。その後は徐々に本家を乗っ取っていく。双方に力が残っていなければ、両者ともに滅ぼして自分が中津原家を掌握する。そんな筋書きだったらしい。

『いや、全体的に弱体化しとるから教会に乗っ取られるだけじゃろ』

普通に考えればそうなんだよな。なので、現当主も前当主もAの裏をしっかり調べたらしいが、なにもなかったらしい。

『調査に手を抜いたわけでもなければ何者かに忖度したわけでもなく、本当にそれ以上の裏がなかったのよな』

教会が警戒して情報を渡さなかったのか、それともこれだけで十分行けると判断するようなぼんくらだったかは不明だが、これ以上叩いてもなにも出てこなそうだったのでAは仲間とともにボッシュートされたらしい。

中津原家の内側に関してはこんな感じである。

外側に関してだが、まず例の異界は中津原家の関係者が討伐した。関係者というか、前当主が直接攻略に出張ったらしい。ちなみに異界の主は赤い猩々だったそうな。

『猩々、お前だったのか』

その際、一部の地域では中津原の精鋭が数人死んだと話題になったらしいが、深度三の異界で死ぬ程度の人材が数人消えたところで中津原家からすればそれほど大きなダメージではないそうだ。

『そもそも前当主を担ごうとしとった連中じゃしな』

むしろこれらが消えたことで、当主交代から続く混乱を収めるのに役立ったらしい。

また、前当主が率先して動いたことで現当主との間に軋轢《あつれき》がないことを内外に示すことになった。

『元々前当主からすれば馬鹿の思い込みから始まった陰謀に巻き込まれただけじゃしな。死にたくないが故に頑張っただけじゃて。無論、妾たちの決定に隔意がないことを示す意味もあるな』

今回に限ればあの人も被害者ってわけだ。

だって前当主の隠居を決めたのは神様だからね。

逆らったら魂まで溶かされて死ぬんだから、そりゃ必死に働くよ。

で、事が済んだ後はウチと鷹白家に相応の品を持参しつつ誠心誠意謝罪して終了。

ウチが貰ったのは深度四相当の異界で取れる素材を加工して造った術具で、鷹白家は現金だったらしい。鷹白家がいくら貰ったかは知らないが、環から「これでウチもトイレを新しくできるよ！」という連絡が来たのでそれなりの金額だったと思われる。

『どこもかしこもポットンポットンと……』

世知辛いねぇ。

あとは協会やら教会に抗議をしているらしいが、その辺は俺には関係ないから放置の一択。

とりあえず中津原家はこんな感じとなっている。

次いで協会。

まず襲撃の翌日に植田さんが再度来訪し、協会の東京本部に所属している人間が俺に術式を飛ばしていたことを明かして謝罪。

さらに中津原家から連絡があったのか、彼女も教会から襲撃を受けたことを知っており、それに関して自分たちは一切関係ないと弁明してきた。

ちなみにこの時点で田中さんは首になっていた。

免職ではなく、物理的に。

『ハラキリ！』

「責任を取るから家族にまでは累を及ぼさないでくれ」と自発的にやったのではなく、普通に上の人間の癇癪で首にされたというのが救えないところだが、そのままいても周囲から叩かれていただろうからこれはこれでよかったのかもしれない。

『どうでもいいともいう』

うん。そうね。

植田さんからは「東京本部を含む関係者各位に広がっている千眼の呪いを解呪してほしいが、今解呪しても教会方面経由で再度呪われるので、その辺の問題が片付くまで少し時間が欲しい。できればその間は呪いの威力を抑えてほしい」と言われたが、これに関しては「調節できるタイプの術式ではない」という理由で拒否。

『呪いの調節ができることは知られんほうが良いからの』

そういうこと。目が痒いのは我慢してもらうしかない。

頼んだ植田さんとしてもダメ元だったらしく、俺に拒否されたと同時に弱々しい笑みを浮かべながら「ですよねー」と言ってうなだれながら帰路に就いた。なんとも悲しい背中であった。

最後に全ての元凶である教会。

襲撃犯三人とコマンド部隊六人を失った教会は、その報告が届くと同時に再度俺を襲撃する計画を立てたらしい。だが即日、中津原家や協会からの抗議が来たため、再度の襲撃計画を断念した。

頭が固くて有名なあの教会が、地元の組織から一度や二度の抗議を受けた程度であっさりと計画を断念したことに植田さんや早苗さんは頭を捻っていたが、なんのことはない。

彼らの心は、抗議が来る前に折れていた。

ただそれだけのことである。

『その計画を企てておった阿呆どもの目がなくなったからの。伴天連どもとて妾の呪いに負けたとは言えん。じゃから抗議は連中にとっても渡りに船だったわけじゃな』

そら計画を企てただけで（その間も情報を集めるために散々術式を飛ばしていたらしい）目がなくなったら心が折れる。誰だってそうなる。俺だってそうなる。

『いや、お主はどうじゃろうな？　心眼剣とか言って面白がりそうな気がするんじゃが』

眼がいらないとは言わないけど、鍛えれば魔力で代替できるからね。

狩人×狩人の円みたいな感じで。

『一騎討ち用の技術（笑）』

侍さんが四メートルで限界とか言っていたのに、そのすぐ後に半径三〇〇メートル展開できる暗殺者さんたちが来たのは驚きだった。

『達人でも五〇メートルだったはずじゃったのにのぉ』

その点、あの猫さんは凄いね。二キロ先までぎっしり詰まっているんだもの。

『アレは円形ではなかったがの』

そうだった。というか話が脱線しすぎたので戻そう。

教会の面々の心が本当の意味で折れたのは、協会から呪いの性質についての説明を受けた後のことだ。それまでの教会は、俺を殺して呪いを解く、もしくは俺を脅して呪いを解かせることを目的として再度我が家を襲撃しようとしていたそうな。

だが協会関係者から呪いに関する細かい情報を得たことで、彼らは襲撃や調査をやればやるほど実行犯を失うと同時に自分たちに掛けられている呪いが悪化することを知り、心が折れたのだ。

その結果、襲撃を断念するとともに、俺に探査系の術式を飛ばすことをやめたのである。

これにより今回の件ではこれ以上呪いに罹る心配がなくなったと判断した植田さんが、協会と教会を代表して謝罪。ついでに解呪の儀を受けて帰っていった。

なお玉串料は協会が三〇〇M円で、教会が五〇〇M円である。

『溜め込んどるのぉ』

税金の流用じゃないことを切に願う次第である。

代表して解呪の儀を受けていった植田さんがめちゃくちゃ怯えていたが、ここに至るまで一体どれだけ上司に絞られたのやら。かわいそうな植田さん。もしかしたらあの人が今回の件における最大の被害者なのかもしれない。なお、中津原家に関してはもっと早くに早苗さんと現当主から謝罪と解呪の依頼が来ていたのでさっさとやっている。玉串料は一〇〇M円。

これにて一連の事件は解決。

ウチに合計一G《ギガ》円相当の玉串料が奉納されたうえ、呪いに罹っている人もいなくなった。めでたしめでたしである。もちろん眼球や視力を失った人たちのそれが治ることはないが。

『悲しいけど、これ争いなのよね』

そりゃ（自宅をコマンド部隊に襲撃されたら）そう《戦争》よ。

事の顛末としてはだいたいこんな感じだろうか。

それらを踏まえたうえで、現在発生している問題に向き合おうと思う。

『お、やっと現実逃避は終わったか？』

えぇ。終わりましたとも。

『そんじゃ、前、見ようか』

了解。

「助けてぇ。助けてぇ」

うん。やっぱりいるね。

『そらいるじゃろうよ』

すぐにでも俺が向き合うべき問題。それは……。

「な、なにとぞお許しくださぃぃぃぃ」

教会から差し出されてきた謝罪の品。

即ち神様宛ての人身御供をどう扱うか、である。

「お願いします！　蛇に飲ませるのだけは勘弁してください！　もちろん死にたくもないです！　でも蛇の子供も生みたくないです！　ほかでなんとかしてください！　助けてくださいお願いしますなんでもしますから！」

『ん？　今、なんでもするって言った？』

言いましたねぇ。でもちょっと待ちましょう。

通常であれば少女を気絶させてから麻袋に入れて本殿に運び込み、最低限の味付けをしてから奉納一択……なのだが、問題は妹が彼女を認識してしまっている点にある。

「おにいちゃん……」

問。人身御供として差し出されてきた同年代の少女を奉納した場合、現時点でその少女に若干感情移入しつつある妹に与える心理的影響の大きさを答えよ。

『控えめに言って、子供に、生まれたばかりのアレを麻袋に突っ込んで河に流すところを見せるようなもんかの』

影響大。やめておけってことですね。

うん。知ってた。

②

今もって殺さないでと被害者面して泣き喚く少女。その名は芹沢《せりざわ》アイナというらしい。

年齢は妹と同じ十二歳。

茶髪で、ウマ○ルを目指すウ○娘のような髪型をした小柄な少女である。

彼女は、簡単に言えば教会日本支部の幹部だった人の娘さんらしい。

お偉いさんの娘である彼女が、現在しがない神社の母屋で泣き喚いているのは、偏に彼女の父親が今回の件の教会側の責任者だったからだ。

教会側が言うには、彼女の父親は今回の計画を主導した人間らしい。

なんでも中津原家のAや協会の田中さんとの橋渡し役でもあったそうな。

教会関係者から事情を聴取した植田さん曰く、件の罠で早苗さんを殺した後に中津原家に混乱を齎し、最終的に日本有数の名家を教会の指揮下に置くという計画だったらしい。

なんだったらこの娘をAの関係者に嫁がせて、外戚みたいな立場を得る予定だったとか。

その際は田中にも十分な報酬を約束していたそうな。

俺たちが件の異界に入った際にいきなり猩々が襲いかかろうとしてきたのも、それまでに彼らの部下が散々挑発していたから、らしい。

驚いたことに教会側は一応きちんとした計画に則って動いていたようだ。

『正味な話、教会の力を使って中津原家を乗っ取ろうとしていただけのぼんくらのAよりは数倍マシじゃな』

それな。俺もそうだが、神様は俺に輪をかけて馬鹿が嫌いだ。

俺との差は、俺は「敵は馬鹿なほうが良い」と考えるのに対して、神様は敵にも一定の知恵を求めるところだろうか。

『だって、敵が馬鹿とか普通につまらんじゃろ?』

その辺は上位者としての余裕があればこその価値観だと思う。

神様と俺の価値観の違いについてはあとで考えるとして。

Ａよりも数倍マシな策士が立てた計画は、第一段階である【早苗さんを殺す】ことができず失敗した。それもただの失敗ではない。中津原家や協会からの抗議と自分たちの目に対する呪い付きの失敗である。対外的な信用が失われ、コマンド部隊や刺客に使った人材が失われ、支部長以下多数の人間の目が失われ、沢山の教会に所属していただけの人たちの視力が永久に失われた今回の件は、当然ながら責任問題となった。

その責任を取らされたのが、今回の件を主導した彼女の父親が率いる一派と、彼らから上奏された計画を承認した日本支部長であった。詳細は教会内部の権力争いもあるので差し控えるが、結果として責任を取らされる形となった彼らは文字通り全てを失った。

立場、家、金はもちろんのこと、逆恨みして反撃することがないよう、本人だけでなくその家族も処されることとなった。

具体的な処し方は知らないが、植田さん曰くそのほとんどが教会によって管理されている異界の中に消えたそうな。なかなかにハードな交代劇ではあるが、それもこれもあくまで教会内部のお話なので、俺にどうこう言うつもりはない。

だから、そこで終わっていれば俺だってなにも言わなかった。

しかし、一連の交代劇の後、新たに日本支部長になった人物に余計なことを吹き込んだ奴がいた。その人物曰く「中津原家もそうだが、なにより今回の件の引き金となった人物、つまりは俺と繋がりを絶つのは危険ではないか」とのこと。

分家から脱落者が出たものの、最終的に内部の統制を強めたことで権勢に翳りがないことを見せつけた中津原家が侮れないと判断されるのはわかる。

だが、なぜそこで俺が預け先として出てくるのかがわからない。

『組織の人間として考えれば妥当な判断ではあるぞ』

まさしく迷惑旋盤である。

『ふむ。実によく回りそうじゃな』

気持ちとしては提案者の頭をがりがりに削ってやりたいところだが、一応これは和睦の証である。

悪意の塊にしか見えないが、これは善意や謝意から来ている行いなのだ。

『少し調べれば中津原家が蛇の妖魔に人柱を捧げとったのはわかるからの』

調べるもなにも、中津原の分家の人間と接触していたのだ。そうである以上そのことは「知っていておかしくない」のではなく「知っているのが当然」だ。

また退魔士業界の常識として、人柱として捧げられるのは魔力的な力を持つ若い少女というのが定番である。それらを踏まえて、今回の教会の考えは以下のようなものになったのだと思われる。

一・向こうからすれば元幹部の娘など手に余るだけの存在だった。

二・普通なら親と一緒に異界に放逐している。

三・しかしながら、彼女には魔力的な力があった（神様曰くレベルにして三程度）。

四・せっかく力のある若い娘を確保したというのに、ただ異界に放り投げて妖魔の餌にするのも芸がない。

五・そういえば向こうは人柱を捧げる習慣があったな。

六・せや！　この娘を和睦の証にしたろ！

詳細は違うかもしれないが大筋では間違っていないと思う。

これでこちらに対して悪意の欠片もないのだから、この業界もなかなかイカれた業界といえよう。

『つってもな。もしまだ中津原家が人柱を捧げる慣習をやめておらなんだらこの娘を喜んで受け入れておると思うぞ』

そうなんだよなぁ。少なくとも去年までであれば教会の対応はなんら間違っていない。

むしろ誠意ある対応といえただろう。

だが今は違う。奉納することができないわけではないが、受け取る側である神様自身が人柱をあまり望んでいないのである。

『ただでさえ食いでもなさそうな小娘じゃというのに。実力もレベル三程度じゃろ？　そそらんな』

魔力も薄いし肉も不味そう。そんな餌を奉納されても迷惑。これが捧げられた側の意見であった。

ここまで言われてしまうと俺も無理に彼女を奉納しようとは思わない。

しかし元々彼女は神様に奉納されることを目的として差し出された娘さんである。

当然、教会からすればすでに死んだものと思っているはずだ。

そもそも罪人がやらかしたことに対する罰がその血縁者にも及ぶというのはこの業界の常識である。

故に死罪相当の処罰を受けた罪人の娘である彼女も向こうはもはや死んだものとして扱っているだろう。死んでいる存在である以上、彼女の帰る家など存在しない。

こうなると、もしこちらが『いらない』と返却した場合、向こうは「そうですか。ならこっちで処分しますね」と言って、彼女の父親たちが消えたという異界に投げ込むことになる。

処し方は向こうの勝手なのだが、問題はそこではない。

彼女を教会に送り返すということが、向こうから差し出された謝意を拒絶したと受け取られる可能性があるのだ。

『こんな小娘よこしてなんのつもりじゃ！　喧嘩売っとんのかゴルァ！？　って感じじゃな』

実際そんな感じになるんだよなぁ。

この場合、誠心誠意謝罪をしてきた相手の顔に泥を塗った形となるので、完全に俺が悪者になってしまう。こうなると中津原家もフォローできないし、なにより教会が俺を本格的に敵視する可能性すら考慮しなくてはならなくなる。

俺個人であればいくらでも対処できるが、両親や妹、叔父一家や母親の実家が狙われた場合は対処のしようがない。

『特に社会的な圧力の場合はどうしようもないのぉ』

そういうことだ。向こうが本気になれば一般市民を冤罪で逮捕するくらいは当たり前にするからな。

それが誤認逮捕だったと判明しても、周囲の人間からすれば『一度逮捕された』というだけで瑕《か》疵《し》となる。報復しようにも、向こうは『誤認逮捕してすみませんでした』と謝罪をするだろう。

そうなれば、報復はただの憂さ晴らしにしかならない。当然周囲の理解を得られず、俺たちはますます孤立することとなる。

世の中には社会的に孤立しても尚、気丈に生きていける人間はいる。

だが大半の人間はそれを気に病んでしまうものだ。

幼い頃から金銭的に世話になってきた叔父さん一家や母の実家の人たちをそんな目に遭わせるわけにはいかないと考えると、彼女を教会に返すという選択は取りづらい。

『そもそも【報復】する時点で身内に被害が出ておるということじゃからな』

その通り。これまでの恩を仇で返すのは心苦しいと思う次第である。

問題はそれだけではない。

退魔士ではないものの、神職としての教育を受けてきたが故に「神様に奉納するために差し出されたモノを返すなんてとんでもない」と考えている父親と違い、一般家庭から嫁に来た母はもちろんのこと、神社の都合は理解していても退魔士の都合を理解しているわけではない妹が、目の前で死の恐怖に怯えて泣きじゃくる彼女をただの被害者としか認識していないのが問題だ。

「お兄ちゃん。別にこの子が悪いことをしたわけじゃないんでしょう？」

「お父さんが悪いことをしたからって、その子供を罰するのは違うと思うよ」

二人が言っていることは正しい。

兄としても、妹が人としてまっすぐに育ってくれて嬉しいという思いはある。

だからこそ悩む。

奉納は駄目。返却も駄目。

返却と同じ理由で中津原家に投げるのも駄目。

かといって放逐した場合は野垂れ死ぬか、彼女からの反撃を恐れた教会関係者に殺されるか。

『はたまた偶然通りかかった優しいお兄さんが無償で助けてくれるか、じゃな』

それなんて乙女ゲー？

確かに、無償だろうと体目当てだろうと、寄る辺がないだけでなく特大の爆弾が付いている彼女を助けてくれるような主人公的存在がいれば彼女的にはいいかもしれない。

でも、その場合は放逐した俺らも狙われそうなので却下です。

『喰わぬし返さぬし捨てぬのであれば、残るは一つしかないぞ？』

そうですね。どれもできないのであればこちらで保護するしかない。

『捨て猫の扱いそのものじゃな』

本当にな。幸い家は新築したばかりなので、部屋には余裕がある。

『田舎の家ってなんで無駄に部屋を多く作るんじゃろうな？』

二世帯や三世帯で住むことを考えたり、お客さんが来ることを想定しているからだと思います。

その例に漏れず、ウチは客間を多く作っているのでそこに住まわせればいい。

もちろんタダで住まわせるつもりはないし、できることなら面倒を抱え込みたくない。

そんなわけで俺は一つ悪あがきをしてみることにした。

『その悪あがきはだいたい失敗するパターンじゃぞ』

一％でも可能性があるのなら挑むのが男というもの！

『命は投げ捨てるモノっ！』

坐禅の姿勢で浮かび上がる神様を横目に、ジョインジョインと思考を切り替えながら俺は少女こと芹沢アイナに問いかける。

「質問に答えてくれ。あぁ、嘘をついたら錆びた釘を五本飲ませるからそのつもりで」

『妙に具体的な数字じゃな』

そのくらいのほうがいいでしょ。針を千本用意するのも大変だし。

「はい！　絶対に嘘なんかつきません！」

向こうも俺が本気だと見て取ったようだ。面倒がなくて結構なことである。

「いい返事だ。では聞こう。もし俺たちが君を保護した場合、あとで俺らに復讐とかするつもりはあるかい？」

彼女の父親が失脚したのは因果が応報した結果である。自業自得と言えばその通りなのだが、見方を変えれば彼女にとって俺は父親の仇である。教会だって彼女をここに送り付けてくる前に、俺に対して悪意を抱かせるためにそのくらいのことは教えているだろう。

もちろん彼女の父親通りに計画が進行していたら俺たちは死んでいたはずなので、やり返したことについて文句を言われる筋合いはない。

教会も協会も自業自得、因果応報の結果だと思っている。

しかしそういうのをひっくるめて自分の親が処されたことを納得できるかどうかといえば、難しいところだ。自分の命が懸かっているとなれば尚更だ。

事実、俺が彼女の人生を狂わせた原因の一端であることに間違いはないのだから。

だから彼女が俺を恨むのを止めるつもりはない。

その気持ちを抱いたまま死んでもらうだけだ。

母や妹も「あとで復讐します！」なんて宣言した人間を擁護することはないだろうからな。

嘘をついたら宣言通り錆びた釘を飲ませるだけ。

結果として彼女は死ぬことになるだろうが、それは嘘の代償だ。

妹に契約で嘘をつくとどうなるかってことを教える教材になってもらう。

どちらに転んでも死んでもらう。

……そのつもりだったんだけどなぁ。

「はい！　そんな気持ちはありません！　元々あの人たちを両親と思ったこともないんです！　だって親らしいことをしてもらった覚えがないので！」

「おぉう」

はきはきと告げられた悲しい事実であった。

『嘘ではないのぉ』

そうでしょうね。

こんな悲しい嘘を堂々と告げることができるならそれはそれで凄い逸材だと思うが。

「お兄ちゃん……」

「おにいちゃん……」

母と妹からの圧力が増したのを感じる。

『そりゃな。親からの愛を受けずに育ってきた子供を見た母親と、金はなくとも親からの愛情を受けて育ってきた妹からすれば、親の愛を知らないうえに死にかけておるコヤツは庇護対象にしかならんわな』

くっ。賭けには失敗した、か。

『フラグを建てたのはお主じゃて。九九%負ける賭けに負けただけじゃろ』

過程はどうあれ、賭けに負けたことは紛れもない事実。

彼女は己の才覚で勝ちを掴み取った。

そうである以上は仕方がない。本格的に彼女を保護するための環境作りしなくてはなるまいよ。

それが負けた者の通すべき筋ってやつだからな。

③

ただ保護するだけでは今後似たようなケースが発生した場合に面倒になる。というか、娘を差し出せば許されるという前例を作りたくないので、彼女にはなにかしらの仕事を与える必要がある。

『中津原とかが送ってきそうじゃもんな。早苗とか』

ははっ。ナイスジョーク。

雅な神様冗談はさておいて。いまだ年端のいかぬ少女になにをさせるかという話になるのだが、それは彼女が妹と同い年だったことで確定的に明らかであった。

即ち、妹の付き人である。

「え？」

自分に話が回ってくると思っていなかったのか、千秋が呆けた声を上げたが、そんなに意外なことではないだろう。まずこの芹沢某、レベル三とはいえ魔力持ちである。

この時点でそうでない一般人と比べたら十分強い。

これからレベリングもするので、力不足ということにはならないはずだ。

ついでに言えば社会的な言い訳にもできる。

普通に考えたら、ある日突然近所の人間が誰一人として見たこともない少女がしがない神社に入り浸っていたら不自然なんてもんじゃないからな。

田舎の人間はそういうところをよく見るのだ。

参拝には来ないくせに。

『五人組制度の名残か、それとも人間のサガか。どちらにせよ面倒なことじゃて』

まったくだ。とにかく、ウチにも神主という社会的立場がある以上、そういった自覚のない監視員どもに彼女の立場を説明しなくてはならない。

そこで馬鹿正直に「教会から送られてきた人身御供です」なんて言えるはずもなく。

かといって「親御さんがいない子供を保護した」などと適当な嘘をつけば、その場は誤魔化せても嘘がバレたときにこちら側がダメージを受けてしまう。

『ただでさえ母屋を新築したり、これから御社殿を改修する予定じゃからな。金を持っとると思われれば嫉妬もされる。誹謗中傷なんて当たり前。そこに燃料が投下されれば、な』

炎上間違いなしである。

その誹謗中傷がまるっきりの嘘なら問題はないが、下手に真実に触れていると困るわけで。

故に、周囲になにか言われる前に、嘘ではないが本当でもない事実を作る必要があるのだ。

それが、付き人である。もちろん、いきなり「付き人を雇い入れた」と言ったところで普通のご家庭の方々には理解されないだろう。

その付き人が小さな子供であればなおのこと不自然だ。

しかしここでウチが神社であることが活きてくる。

『古来より神社や寺で「若者が住み込みで修行する」というのは珍しいことではないからの』

そういうこと。

あとは俺が退魔士として教育をすれば、彼女を『西尾さんのところで住み込みで働いているお弟子さん』という感じで周知させることができるだろう。

教会としては彼女を殺してほしいのだろうが、差し出された人柱をどう使おうが俺たちの勝手である。表立って抗議をしてくることはないだろう。

『むしろ、女として利用するつもり。なんて勘違いをするかもしれんな』

それはあるかも。

魔力を持つ人材は貴重品だし、年齢も近いので交配相手として確保したと思われるってのはありそうな話だ。

『その場合は向こうの思惑である〝お主の機嫌を取る〟という目的は果たされたことになる故、文句は言われんじゃろうな』

彼女が俺を利用して復讐を目論んだらどうしよう？　とは考えませんかね？

『ない』

即答ですか。その心は？

『そも今回の件で向こうが下手に出ておるのは、向こうが気付かぬうちに呪いを、それも効果から発動条件から威力から、その全てが不明な呪いを受けたからじゃ。知らぬことは怖い。じゃが知ればその限りではない』

呪いの詳細を知った今、俺を恐れる必要はない？

『そうなる。此度そこな娘を送ってきたのは、あくまで内外に対して「落とし前をつけた」と示すためじゃろうて。無論死んでくれたほうが都合は良いだろうが、そうでなくとも問題はなかろう』

なるほどなるほど。

俺の呪いがカウンター型だと知った以上、今後は術式を使わずに俺を探ればそれで済む話だからな。

参拝客を装うなり、近くにアパートでも建てて監視する感じでも良いだろう。

また、霊的にはともかくとして社会的な力に差があるのも紛れもない事実だから、向こうからすれば俺を必要以上に恐れる必要はない。

俺がその程度であるなら、俺に保護された彼女も恐れる必要はないわけだ。

『もしやしたらお主に逆恨みした阿呆が「あの少女は誘拐された」なんて狂言を仕掛けてくるやも……と不安なのじゃろうが、安心せい。中津原や協会を介して交わした契約を覆すような愚策を弄するほど愚かな組織ではなかろう』

その心配は確かにあったが、そうか、それもないのか。なら問題はないな。

神様との話し合いを終えた俺は、いまだに状況を理解していない妹を説得するために言葉を紡ぐ。

「千秋も来年から退魔士として働くことになるからな。ソロは危険だし、ずっと俺が付いていると千秋のためにもならないだろ？」

「それはそうかもしれないけど……」

そう。今更ではあるが、千秋にも退魔士としての才能は存在している。

それも、そんじょそこらの馬の骨とは比べ物にならないほどの才能が。

『出た、シスコン』

ただの事実です。

なにせ千秋も俺と同様に、生まれる前から神様から認識されていたのだ。神にその存在を認識されている子の体に魔力が宿ることなんて当たり前のことである。

『正確には、妾が憑いておるお主が常時気にしておったから、なんじゃがな』

そりゃ気になるでしょ。俺と同じ前世の記憶があったら俺と同じような状況になるかもしれなかったんだし。

『お主のような特殊な例が続けて発生するわけないじゃろ！　いい加減にしろ！　……と断言できんのよな』

神様でさえ皆無と言い切れないのが怖いところだ。

実際彼女が生まれるまで俺は『俺の妹が普通なはずがない』と考えていたまである。

そんな俺の予想は、半分外れて半分的中した。

外れた半分は、妹に前世の記憶とかそういうのは一切なく、出産も普通に終わったこと。

的中したのは、妹が普通ではなかったこと。といっても別に悪い意味ではない。ただ、退魔士としての素質があったというだけの話だ。

後で知ったことだが、子供が魔力を持って生まれるケースというのはかなり少ないらしい。

中津原家のような名門ならまだしも、しがない神社に魔力を持った兄妹が生まれることなど稀も稀。

実際、環のところだって弟には魔力がないからな。

そのため妹に魔力があると知った国の機関が、俺や妹だけでなく父や母の遺伝子情報を調べに来たとか。ちなみにそのとき両親は、俺や妹の情報を提供することは拒否したが自分たちのそれは普通に提供したそうな。有料だったので色々助かったとのこと。

出産費用には補助金が出るにしても、産んだ後だって色々とお金がかかるからね。

余裕ができたおかげで栄養を付けることができたのであれば、それはそれで良いことだと思う。

ちなみに検査の結果、なんで俺と妹に魔力が宿ったか判明することはなかった。

遺伝子情報だけではないかもしれない。

場所の影響もあるかもしれない。

時期の影響もあるかもしれない。

その他、様々な意見があったらしい。

成功体験を再現させるため、まずは父親と母親のソレを使ってクローンを作る計画を立てているかもしれない。なんて思った時期もあったが、それは神様が否定してくれた。

『普通に気持ち悪いからの。全部腐らせてやったわい』

ありがたい話である。ちなみに父親と母親も二回目のサンプルは丁重に断った。気持ち悪いからね。

せっかく手に入れたサンプルが腐ってしまったことで凹んでいるであろう機関の人たちについてはさておくとして。ともかく俺は、いずれ退魔士として異界に臨むことになる妹にはきちんとした護衛を付けたいと常々思っていた。

もちろん俺が面倒を見られるときは俺が見るつもりだったが、妹の成長を考えれば毎回そういうわけにもいかない。かといってその辺の馬の骨では意味がない。

そんじょそこらの男なんてもってのほかである。

『出た、シスコン』

いや、本気で駄目だから。

というか、中津原家のような家単位で部隊を作れるような極々一部の名門に所属している退魔士や、家族や親族で組むことができる退魔士以外の退魔士たちは、基本的にソロで動く。

分け前の分配やら負傷した際の責任の所在などで争うケースが多いからだ。

だから金銭的に余裕のない環にも頼めなかった。

最悪の場合は中津原家に頼めばなんとかなると思っていたので、環に無理を言う必要がなかったとも言えるが。

『なお中津原家の連中に断る権利はないもよう』

そりゃね。妹の安全と連中の命なら妹が大事だからね。

『出た、シスコン』

普通でしょ？

いや、護衛のことだけを考えるのであればそれで十分ではあるのだ。

しかしながら、大人に護衛されながら異界を探索したところで、そこになんの意味があるというのか。

『一般知識の教授とかベテランの創意工夫を学ぶとか、なにか不測の事態に陥ったときの緊急連絡要員とか、お主がどれだけ過保護なのかを学べるのでは？』

……一体なんの意味があるというのか。

そんな感じで頭を悩ませていたときに現れたのが彼女である。

同年代の少女と一緒なら無理はしないだろうし、なにより彼女と行動をともにすることで、妹は孤高の戦士を脱却できるではないか。

『それが本音じゃな』

……正直、今まで孤高の戦士だった妹が中学デビューに成功すると思えないっす。

『禿同』

「……お兄ちゃん、なんか失礼なことを考えてない？」

「気のせいだ」

事実だからな。いや、とりあえず話を進めよう。

妹が本気で嫌がったら違う使い途を考えなきゃならなくなるし。

「大前提として、教会から放逐された彼女には帰る場所がない。だから彼女を助けるならウチに住まわせる必要がある。しかしウチにはタダ飯食らいを置く余裕はない。ここまではいいな？」

「う、うん」

今回の件で得た金だって用途が決まっているのだ。

御社殿の本格的な改修となれば一Ｇ円でも足りない可能性がある。

足りたとしてもかなりギリギリなはずだ。

つまり余裕があるわけではない。

「彼女だってなにもせずに居候していたら心苦しいはずだ。……そうだな？」

「は、はい！　お仕事させてください！　殺さないでください！」

そうだって言え。

一言余計だが、まぁいい。

「ほら、彼女もこう言っている」

「いや、今のはなんか違う気が……」

「気のせいだ。それにな」

「それに？」

「彼女がいれば、正月の三が日とかに一人でお守り売らなくて良くなるぞ」

「……！」

俺がそう告げると、西尾家が擁するお守り売りの少女は「その発想はなかった！」と言わんばかりに目を見開いた。

『落ちたな』

あぁ。

俺による完全勝利が確定した瞬間であった。

④

『ゴアァァァァァァァァ！』

「死ぬぅ〜！　死んじゃう〜！」

「そう言えているうちはまだ大丈夫だ」

私は芹沢アイナ。魔力があることと、数日前までとあるお屋敷の一室で飼われていたこと以外には際立った特徴もない、どこにでもいる十二歳の女の子。

そんなどこにでもいる女の子だったはずの私は今、武蔵村山異界と呼ばれる地獄で、妖魔と呼ばれる悪魔に追われています。

「走れー。走らないと捕まるぞー。捕まったら色々ヤられてから食われるぞー」

「ひぃぃぃぃぃぃ！」

「まぁ、ナニをされようとも、死ぬ前には助けてやるから安心しろ」

「まっっったく安心できませぇぇぇぇん！」

魔力を持つ女性が妖魔に捕まった際になにをヤられるのかなんて聞くまでもありません。

十二歳の少女とてそのくらいは知っています。

だから絶対に受け入れるわけにはいきません。現時点で色々と垂れ流しているので今更尊厳もなにもあったものではありませんが、私にも譲れない一線というのはあるのです。

『オォォォォォ！』

「お、増えた」

「なんで増えるのぉぉぉぉぉ！？」

「それはね？　君があいつらを倒さないで逃げ回っているからだよ」

「あんなの倒せるわけないじゃないですかぁぁぁぁ！」

叫び声を上げながら全力で走っている私の横で、腕を組んで走りながら余裕綽々の表情を浮かべつつ「なにをわかりきったことを」と言わんばかりの口調で無慈悲な突っ込みを入れてくるのは、此度私の保護者兼師匠となった西尾暁秀さんです。

「叫ぶ余裕があるならまだいけるな」

「叫ぶことしかできないんですよぉぉぉぉ！」

「呼吸ができるならヨシ！」

「この人でなしぃぃぃ！」

「退魔士なんてそんなもんだぞ」

「あぁぁぁぁぁぁ！」

そう言われたらなにも言い返せない。

これから私はただひたすらに妖魔から逃げるだけの機械と化します。

……あぁ。これまでお屋敷の中でお人形のように生きていた私が、どうしてこんな、一歩間違えば命以外の全てを失うようなスパルタトレーニングを施されることになったのか。

それもこれも、血縁と書類の上で私の父と呼ばれる立場にあった男がやらかしてくれたせいです。

あの男は教会と呼ばれる組織の幹部でした。あの男はその立場を利用して汚いお金を稼いだり、沢山の女性と関係を持っていました。私はその中の一人から生まれた、いわば愛人の子です。

本来であれば認知さえされなかったであろう私が、曲がりなりにも芹沢の子として引き取られ、あの男が持つ屋敷で暮らすことが許されていたのは、偏に私が霊力と呼ばれる力（退魔士の方々は魔力というらしいので以後は魔力と呼びます）に目覚めていたからです。

鍛えて教会の戦力として使うも良し、育てて嫁に出すも良し、そのまま生贄として使うも良し。

あの男にとって私はそんなお手軽アイテムだったのでしょう。

ただ、さしものあの男も世間体を気にしたのか、はたまた嫁に出したときに馬鹿すぎると見くびられると考えたのかは知りませんが、少なくとも最低限の教育は施されましたし、欲しいと思ったものや、周囲に合わせるために必要と判断されたものもしっかり与えられました。

状況としては、スマホは貰えましたが課金は許可されない。

そんな感じと言えばわかりやすいでしょうか。

普通に生きる分には不自由しない生活なのでしょう。でもそれだけ。

私の存在をあの男に認知させようとして教会に乗り込んだ母は、数時間後にはその姿を見ることができなくなりました。彼女が想定していた以上の手切れ金を貰って立ち去ったか、もしくはあの男と敵対する派閥の人間に余計な情報を漏らす前に消されたのでしょう。

どちらにせよ、生みの母という帰る場所を失った私はあの男の屋敷に住むことになりました。

もとからそこに住んでいたあの男の正妻や、その子供たちからは無視されていました。

向こうの気持ちもわかります。

なにが悲しくて夫や父親の不倫相手の子供と一緒に暮らさなくてはならないのか。

それを思えば、無視だけで済んだのは向こうの人たちによる精一杯の恩情だったのかもしれません。

嘘です。向こうの人、特に正妻さんからは常に『いつか殺してやる』みたいな感情を向けられていましたから。

ついでにその息子さんからは別の意味で『ヤってやる』みたいな感情を向けられていました。

私、異母妹なんですけど大丈夫ですかね？

あ、大丈夫ですか。そうですか。

どうでもいいですね。

今に至るまで暴力を振るわれなかったのは、もし私が感情に任せて反撃したら自分が死ぬことになると知っていたからでしょう。

食事に毒を盛られたりしなかったのは、あの男が私を利用しようとしていたことを知っていたからでしょう。性的なあれこれは、私がまだ幼かったから自重していたのでしょう。

最終的に私は、無視こそされていたものの、そこそこ大きなお屋敷で、そこそこ良い服を着て、そこそこ良いものを食べて生活することができていました。

それでも、あの環境が俗にいうＤＶの一種であることを知ったのは極々最近のことです。

でもウチの場合は宗教関連の修行という名目があったので、もし私が然るべき機関に駆け込んでも問題視はされなかったでしょうけれど。

不思議なのは、そんな環境で育てられた私があの男のために働くと、周囲の人間が本気で考えていたことでしょうか？

そんなわけがないでしょうに。

もし結婚してほかの家に入ったら（できるかどうかは別として）間違いなく報復しようとすると思うんですけど。いや、まぁ、生贄にするのであれば私の感情なんてどうでもよかったのでしょうが。

しかしながら、自分でも歪《ゆが》んでいると理解できる程度には歪《いびつ》だった私の日常も、少し前までの千秋さんの話を聞いた後では、どちらがマシだったのかはわかりません。

だって、お父さんが釣ってきた川魚がごちそう扱いで、普段は農家の方から差し入れられる野菜とお米だけの生活とか、正直想像もできませんよ。少なくとも私は今に至るまで着るものにも食べるものにも住むところにも不満を覚えることがありませんでしたから。

そういう意味ではあの男に対して最低限の借りといえるモノがあったのかもしれませんね。

みんな死んでしまった今となってはなんの意味もないことですが。

重要なことはただ一つ。今の私の保護者は、血縁上の父親でもなければ書類上の母親でもなく、隣で走っている暁秀さんだということです。

『ゴアァァァァ！』

『オォォォォォォン！』

「お、向こうも気合入ったな」

「入れないでぇぇぇぇぇ！」

そもそも、なぜ私が色々な危機に怯えながらもこんなことをしているのかといえば、これこそが暁秀さんが考案した私の魔力を高めるための修行だからです。

なぜ魔力を高める必要があるのかといえば、教会勢力に襲われた際に自衛できるようにするためであり、これから私が暁秀さんの妹さんである千秋さんの護衛として働く必要があるからです。

力が無ければ奪われる。ならば簡単に奪われないくらいの力を持てばいい。

単純ではありますが、そうであるが故に反論の余地がない理屈といえるでしょう。

肝心の魔力ですが、これを高めるための方法は大きく分けて二つあります。

一つは修行。普通ですね。もちろん修行自体は異界でなくともできますが、暁秀さん曰く「同じ修行を行うにしても、魔力の薄い現世で行うよりも魔力が満ちている異界で行うほうが効率が良い」とのことでした。

言わんとしていることはわかります。

異界で運動することで魔力を体内に取り入れるとかそういう理屈を抜きにしても、こうして妖魔に追われているほうが必死になりますからね！

もう一つは妖魔を討伐すること。これも普通といえば普通のことですね。

妖魔を討伐した際に生じる魔力の残滓《ざんし》を吸収することで、己の魔力を高めることができるのです。

ゲーム風に言うのであればレベルアップです。

戦闘経験も積めるので、心身ともに強くなる方法として退魔士の間では認知されています。

それらを踏まえたうえで現在私が何をしているのかといえば、主に持久力を鍛える修行と、力のある妖魔の怖さを認識する修行です。ついでにパワーレベリングもしています。

「はひぃ。も、もう無理〜」

「もう少しいけそうだが……まぁいいか。君たちもごくろうさん」

『ゴアッ!?』

『オォッ!?』

暁秀さんがナニをしたのかはわかりません。わかりませんが、妖魔が消滅したことはわかりました。

「はぁ、はぁ。……あ、来た」

妖魔が消えるとともに、私に力が流れ込んでくるのがわかります。

これがパワーレベリングです。

暁秀さん曰く「君が妖魔からのヘイトを全部引き受けている状態で、妖魔が俺を認識する前に討伐する。これによって妖魔から得られる魔力的なモノのほとんどは君に流れることになる」とのこと。

これまたゲーム風に言えば、経験値を分配するにあたってその比率を決める要因が【妖魔からの意識】にあるということなのでしょう。理屈としては理解できなくもないのです。

近くにいる者に対して優先的に力が流れるのであれば、寄生プレイし放題ですからね。

それができない以上、暁秀さんが提唱している妖魔の意識が関係している説は決して荒唐無稽なものではありません。

もっとも、妖魔に意識される前に討伐するという難事が簡単にできてたまるかというお話なのですが。

そんな誰が聞いても至極真っ当と認めてもらえるであろう突っ込みも、実際にやっている人の前では無意味なものに成り下がります。実際にこうしてできていますからね。

「あぁぁぁぁぁ。死ぬかと思ったぁぁぁぁぁぁ」

「なんだ。まだまだ余裕がありそうだな」

息も絶え絶えの私を見て余裕があるとか、一体この人はなにを見ているんでしょうねぇ？

「……そう見えるのであれば、暁秀さんはその目をお取り替えになったほうがよろしいかと存じます」

いや、本当に。

「ははっ。こやつめ」

修行中はよほど無礼なものでない限りなにを言っても叱られないのは良いことだと思いますが、そんなことよりも気にするところがあるでしょう？

この人に鍛えられることになってからまだ数日しか経っていませんが、これだけは言えます。

もう少しだけでいいから常識を弁えてください。

お願いします。死にかけるような修行とか妖魔の餌になりそうな修行とか妖魔の生贄になること以外ならなんでもしますから。

⑤

「あ〜う〜」

今、俺の目の前には死んだ魚のような目をしながら倒れ伏す一人の少女がいる。

言わずと知れた芹沢アイナである。

いかに「死ぬ死ぬ」と言っても、そう簡単に死なないのが人間というものだ。

『男しかいない塾とか死亡を確認したくせに甦ることが前提じゃからな。一部を除いて』

おっと、男を問う独眼の人と自称男爵の悪口はそこまでだ。

『一向に終わらぬ一撲。その有様はまさしく不死鳥の一撲！　奴こそ信者に仏の幻を見せることで命が尽きるまで戦わせる本物の外道よ！』

車○先生はそんなこと考えていないと思うよ？

昔のジャ○プによくいた死にそうで死なない人たち談義が尽きることはないが、とりあえず目の前のことに目を向けよう。

「はぁ～死ぬかと思ったぁ！　さ、着替えますか！」

ぶっ倒れながら少女らしからぬ声を上げて生を実感していたはずの芹沢嬢は、呼吸が整うと同時に物陰に隠れていそいそと着替えはじめる。

数日の修行で随分と強かになったものだと感心する反面、今の彼女から淑女としての慎みが感じられないのが気になるところではある。

『今更じゃな』

うーむ。確かに先ほども本気で体力の限界を迎えるまで走っていたからな。叫び声やら涙やら汗やら鼻水やらなにやらを諸々垂れ流していた今の彼女には、俺相手に女として取り繕うような余裕もその必要も全くないのだろう。

『一応汚れたモノを着替えるくらいの慎みはあるようじゃがの』

まぁ、多少はね。なんにせよ、千秋に伝染しなければそれでいいです。

そんな女として色々と捨て去った彼女の姿を見て『まだ余裕がある』と言ったのは、当然彼女の体力とか態度についてではない。彼女はもっと根源的なモノに余裕があったのだ。

根源的なモノ。即ち、レベルである。

端的に言うと、彼女はまだレベル上限に至っていないのである。

『今ので一四相当になったが、まだ大丈夫そうじゃぞ』

ほほう。それは凄い。たった二、三日でここまでこられたのは、彼女の素質かはたまた俺がパワレベのコツを掴んだからなのか。まぁ所詮は一四なのでどっちでもいい話ではあるのだが。

ただ、あまりに順調すぎるとそれはそれで問題があるわけで。

『油断慢心じゃな』

そう。急激に力を得たやつはだいたい油断慢心する輩になるのだ。環みたいに。

『あやつは見事に増長したからのぉ。すぐに現実をわからされたが』

そりゃ、深度二の異界で無双できるようになったからといって、事前準備をせずに深度三の異界に突撃したらそうなるよ。

冒頭で「人間は簡単には死なない」と言ったが、それは正確ではない。

油断すればあっさりと死ぬのもこの世界の常識であるからして。

『みんな、夏が去るように、冬が来るように逝ってしまうんじゃ』

退魔士という名の防人に思いを馳せつつ生きる苦しみについて考えたり僅かな生命のきらめきを信じることを許可します。

話を戻して、異界という鉱山に潜ることを生業とする退魔士は、一般の人たちと比較すれば身体能力などは高いものの、彼らとは比較にならないほど死が近い職業である。

ここで退魔士の主な死因ベスト三を挙げてみよう。

一位。妖魔に殺される。説明不要。普通にこれが一番多い。

二位。人間との戦いで死ぬ。こちらも説明は不要だろう。あえて言えば、特殊な力を持つ者同士の戦いに駆り出されるのだ。権益を得る者が定まっていない発展途上国とかは、妖魔に殺されるよりも人間同士の戦いのほうが多く死んでいるかもしれない。

そして三位。妖魔を討伐した際によって生じる【呪い《祝福》】で殺される。これが今回の主題である。

これだけ聞けば妖魔に殺されているように思えるが、実際は違う。

このケースでは妖魔を討伐した後。もっと言えば異界から帰った後で死ぬのである。

ほとんどの場合は全身から血を流して死ぬパターンであり、最も嫌な死に方として知られている。

この死に方。昔は呪いと考えられていたが、今は理由が判明している。

その理由とは、ズバリ容量オーバーである。

まず、人間には魂の器というものが存在する。

退魔士と呼ばれる人間は、一般の人たちよりもその器が大きい（一定以上の大きさを有する）人のことを指す。退魔士は妖魔を討伐した際に生じる魔力的な力を吸収し、その器を満たすことで自身を強化している。

この一連の流れが、神様がいうところのレベルアップである。

ここで問題になるのが【器】である以上、大きさや強度に限りがあるということだ。

端的に言ってしまえば人間にはレベル上限が存在するのである。

この上限は個人差があり、神様曰く一般的な退魔士の上限はだいたい一〇～二〇くらいだそうな。

ちなみにかつての環は一二で、早苗さんは二一だった。

もっとも、今の環のレベルが二一で早苗さんが二四であることからもわかるように、この上限は引き上げることが可能だ。自然に引き上げる場合は年単位の時間がかかるが、俺と神様が主導してとある儀式を行えばこの時間を大幅に短縮できるので、俺はそれほど気にしてはいない。

ただまぁ、その儀式の様子がちょっとアレなので個人的には男性にやりたくないと思っているが、それについてはいつか語ることがあると思う。

とりあえず、レベル上限を大幅に超えるほどの魔力的な力を吸収した退魔士は、吸収したそれを己の中で消化《昇華》できない。その消化されなかった魔力的な力が体から放出されて死ぬのが【呪い】による死の真相だと知っていれば問題ない。

『容量を超えるとバラムツ《食べてはいけない魚》食った後みたいな感じで垂れ流しになるんじゃよな。全身から』

表現がアレだが、あながち間違ってはいない。

結局のところ、退魔士の多くが深度二の異界でうろうろしているのは、力不足や安全マージンを取っているというのもあるが、自分がレベル上限以上の魔力的な力を吸収することを警戒しているためでもあるのだ。

よって、先程まで目の前でぶっ倒れていた芹沢嬢がまだレベル上限に達していないということ自体は別に悪いことではない。問題はこれ以上のレベルアップが難しいという点にある。

『簡単にパワレベできるのはこのくらいまでじゃからなぁ』

そうなのだ。確かにここ武蔵村山異界は深度二の最上級に分類される異界である。

そのため出現する妖魔も深度二の中では一番高い。……深度二の中では。

『いくら強くとも、所詮深度二じゃからのぉ』

今はまだ戦闘技能もなければ自分に自信もないので必死に逃げることに専念している彼女だが、じきに気付くだろう「あれ？　こいつら弱くね？」と。

妹の護衛が油断慢心しているとか洒落にならないので最初から一番厳しいところで色々と経験させているのだが、まさかレベルを一四まで上げても限界が来ないとは。正直意外だった。

『ここの主でさえ一五じゃからな。一四もあればこの異界に出てくる雑魚ごとき、丸呑みされても内側から内臓を破壊して脱出する程度のことは可能じゃろうよ』

パニックになって窒息とかしなければできるでしょうね。

しかし、あまりにも簡単にレベルアップしすぎてしまったせいで、今後彼女は異界に対して油断慢心する輩になりかねない。なにより､適正な処置を施さなければ内側から弾け飛ぶという【呪い】の恐怖を実感していないのが問題だ。

軽く見ていると大変なことになるからな。マジで。

加えて、護衛兼付き人である彼女の油断や慢心が千秋へ伝播する可能性があるというのもまずい。

後悔先に立たずとはよく言ったものだ。

『いや、上には上がいるとわからせてやればよいのでは？』

環みたいに深度三の異界に突入させろと？

流石にまだ早いと思いますけど。

主に俺が。

ただでさえ変な注目を集めているのに、これ以上注目を集めたくないんですが。

深度三以上はハタチになってから。それがお兄さんとの約束だ！

『酒とタバコか』

似たようなもんでしょう。

ともかく、今までそれをスローガンにしてきたというのに、弟子ができて数日で深度三の異界に行くのはあからさますぎませんかね？

『それこそ今更じゃろ。お主が深度三の異界を苦にしないことなんざ、例の田中がお主らを深度三の異界に行くよう誘導しても誰も不自然に思わん程度には周知されとるわい』

嘘でしょ？　いつの間に……。

『二年くらい前からじゃな』

千眼祭りか。千眼祭りがまずかったか。

『正確にはその前に【魔石】を納品したときじゃろうな。無論、一流と呼ばれる面々が解呪に失敗するような呪いを使えるとバレたことが決定打になったのも確かじゃが』

どちらにせよ今更ですか。まぁ環や早苗さんのレベルアップもあるし、千秋をより強くするためには避けられない道ではあったんですがね。

『それよ。それについて一つ聞きたいんじゃが？』

なんでしょうか？

『そもそも何故《なにゆえ》最近のお主は妹を強くしようとしとるんじゃ？　いや、一二歳になったら退魔士として協会に登録できるからってのは理解しとるが、それでも急ぐ理由にはなるまいよ』

あぁ。それですか。普通に考えれば不思議ですよね。でも。聞けば簡単な理由ですよ。

『なんじゃ？』

俺の進路の問題です。

『進路？　お主は中学を卒業したら神社を継ぐのではなかったのか？　進学しとる暇があったら稼ぐと言うとったろうに』

その予定だったんですが、金銭的に余裕ができてきたことで両親が俺を進学させたがっているみたいなんですよねぇ。

『ほーん。そんなことがあったんか』

あったんですよ。

基本的に神様は常に俺の傍にいるが、別に離れることができないわけではない。

そのため俺がトイレに入っているときや、神様が俺の部屋のパソコンで動画やらなにやらを見ているときなど、彼女が俺の傍にいないときもあるのだ（風呂はそのときの気分によって変わる）。

両親と進路の話をしたのもそのときである。

『あ～。両親としては、大学は無理でも高校は卒業してほしいって感じかの？』

そんな感じです。協会から来ていたパンフレットを見た親が乗り気になりまして。

『条件が良いのか？』

ええ。東京にある退魔士の専門学校で、基本的に学費は免除。全寮制なので家賃もかかりません。

それどころか、学校が仲介している仕事をすれば報酬が貰えるそうです。

『それはそれは。確かにお主向きではあるな』

ですね。学費がかからないのであればまぁ、両親の気持ちはわかるし、俺としても自分が神社を継いだときの社会的な信用もあるので、高校くらいは出たほうがいいかなぁと思いまして。

『そりゃそうじゃろうな』

学歴が全てとは言わないが、社会を生きるためには世間体というものは無視できない。

俺自身が中卒の神主扱いされるのもそうだが、周囲から『あそこの神社の神主さん。息子さんを高校に進学させなかったらしいわよ』なんて噂が立ったら両親の評判にも関わるし、なにより千秋が進学した際に周囲から『お宅のお兄さん、中卒なんですって？』なんて言われたら中学デビューも糞もないからな。

『出た、シスコン』

これに関しては妹だけじゃなく、家族全体の問題でしょう。

『ならファミコン？』

それだと日本有数の玩具メーカーに怒られそうなので略さないほうがいいと思います。

呼び方はともかく、俺が東京の高校に通うとなると、その間千秋が無防備になってしまう。

力を持った若い女性が貴重な業界なので、放っておくとなにがあるかわからない。

そのうえ、俺という稼ぎ頭がいなくなるため西尾家の収入がガッツリ落ちてしまうというのに、芹沢嬢を住み込みで働かせる以上、食い扶持は減っていないことになる。

そこから導き出される答えは……そう。家計のピンチである。

ついでに言えば、二年前に母屋を新築し、今また御社殿を改修しようとしている我が家に叔父さんや母の実家からの援助の手はないと思わなくてはならない。

『むしろ今までの借りを返さねばならぬじゃろうな』

ですね。

親族に金を借りられなくなったことと、俺がいなくなったことが重なった結果、数年前のように父親が釣ってきた川魚がごちそうなんていう生活に戻るのはあまりにも不憫すぎる。

故に俺は、千秋が自分で食べたいと思ったものを自由に食べられるくらいの金を稼げるようになるまで鍛えなくてはならないのだ。

『とんかつをね。食べたいときに食べられる。それくらいがちょうど良いんじゃよ』

具体的には深度二の異界を自由に歩き回れるくらいになれば、とんかつにカキフライを付けても大丈夫になるでしょう？　だから今は千秋を鍛える前段階として、千秋の護衛兼付き人である芹沢嬢を鍛えているわけです。

『なるほどのぉ。そういうことかや』

結局のところ、急激な進路変更に伴い予定の変更が余儀なくされたというだけの話だ。

もちろん俺に高校を卒業してほしいと願う両親が悪いわけではないので、そこに文句を言うつもりはない。

そんなわけですので、神様からすれば高校なんてつまらないかもしれませんが何卒ご容赦願いたいところです。

『いや、別に構わんぞ。暇なら寝るだけじゃし』

それは良かった。

「えっと、今日はもう終わり……ですよね？」

神様が納得してくれたのを受けてほっと一息ついたところに、着替えを終えた芹沢嬢から声がかかる。

本来であればもっと追い込む予定であったが、これ以上ここの妖魔と遊ばせても意味はない。むしろ彼女が今の自分とここの妖魔とのレベル差に気が付かないうちに撤収するべき。

それはわかっているが、このまま帰るのも勿体ないわけで。

「そうだな。修行は終わりだな」

「え？」

せっかくの異界なのだ。稼がねば損というもの。

「これから【魔石】や素材の採取をするぞ。これが退魔士の稼ぎのメインになるから、君も見て覚えておけ。もちろん妖魔は俺が片付けるから、君は荷物持ちを頼む」

「あ、は、はい！」

武蔵村山異界の【魔石】三割増しキャンペーンはまだ続いているからな。

数カ月後に金欠になることが予想されている以上、稼げるときに稼がなくてはならないのだ。

『ここで稼げる程度なら深度三の異界に潜ればすぐ稼げるじゃろうに』

それはそれ、ですよ。

目の前にお金が落ちていたら拾うでしょう？　そういうことです。

——この後、めちゃくちゃ採取した。

✿

芹沢アイナ視点。


あのあと、二人で頑張って採取したら合計で十八万円くらいになりました。

暁秀さんは私にも取り分として半分くれました。

とっても疲れたけど、自分で稼いだお金で食べたデザートはとってもおいしかったですマル

# 5 進路について

①

「え⁉　暁秀も東京の学校に行くの⁉」

「そうなった」

「へぇ～なら一緒だね！」

「そうみたいだな」

「そっかそっかぁ。えへへ。知り合いがいて良かったぁ」

そう言いながら笑顔を見せてくる環。彼女はもともと件の高校に進学する予定だったので、俺が後追いした形になる。しかしなんだな。この表情をほかの男にも見せればかなりの人気が出るだろうに……と思わなくもないほどには良い笑顔である。

『俺が好きだったボーイッシュな神社の娘が、ほかの男に女の貌を見せていた件について』

一見すればNTRモノに見えなくもないが、そもそもその男は環の彼氏でもなければ婚約者でもないので、実際はNTRではない構文ですね。

『これでなぜか「裏切られた」とか言って泣きながら歯ぎしりをした挙げ句、逆ギレして催眠を仕掛けるのが最近のトレンドじゃよ』

マジか。色々終わってんな、最近。

片思いを拗《こじ》らせすぎて、一緒にいるだけのところを勘違いして泣いたりするのはまだしも、催眠を掛ける大義名分にはならんだろうに。

『お主の場合は勘違いでもなんでもないがの』

手を出したわけでもなければ鷹白家からナニカ言われているわけでもないから誤解ですね。

『手を出していない、とな？』

出していない。向こうからもナニもない。

医療行為はしているがそれだけなので、誰に憚《はばか》ることなく清い関係である。

『人間基準で言えば十分美少女と呼べるであろう同年代の女子からこれほどまでにわかりやすいOKサインを貰っているのにナニもない、じゃと？　まさかお主、ETか？』

世界広しといえども自分が生まれる前から憑いていた神様から地球外生命体扱いされた人間は俺くらいのものだろう。

つーかアンタ、一昨日ナニをしたか忘れたのか。

『てへぺろ』

あらやだ可愛い。

あざとい神様は見ていて飽きないが、今は環の件である。

無論、俺とて環が健康的な美少女であることに異論はない。それなりに付き合いがあるし、なにより同年代の退魔士などそうそういないので邪険にするつもりもない。

だがしかし、ぼんやりではあるものの、一応前世の記憶を持つ俺が中学生の彼女を異性として見ることはない。当たり前の話だ。今のところ俺が彼女に向ける感情は、近いところに住んでいる親戚の娘に向けるような感じと言えばわかりやすいだろうか。

『わかりやすいような、わかりにくいような』

人間関係なんてそんなもんでしょう。

なにより環の場合は家庭の事情というものがある。

環の実家である鷹白家は、ウチと同じく辺鄙なところにあるしがない神社である。

その経済状況は、二年前のウチと大差ない状況であった。

具体的には、一〇日ほど前に行われた第二回干眼祭り絡みの賠償金を利用してようやくトイレが母屋の中に収納され、本体も洗浄機能付き水洗式トイレに替わった程度と言えばわかるだろうか?

『これまたわかりやすいような、わかりにくいような』

俺も自分で言ってそう思いました。

ともかく、彼女の実家である鷹白家もその辺の神社と同様に経済的な余裕があるわけではない。

加えて、鷹白家を継ぐのは環ではなく弟くんなので、必然的に環はどこかに嫁に出されることになる。つまり環は、神社の常識に則って、嫁に行った先から鷹白家に対して金銭的な援助をするよう求められているということだ。

この辺は千秋と一緒だな。

もちろん鷹白家の人たちとて環の幸せを願っているだろうから、環が不幸になるような相手に嫁がせるようなことはしないだろう。

だから向こうから見て自分たちと同じような〝しがない神社〟であるウチは環の相手として選択肢に含まれないというだけの話である。ウチとしても俺の妻となった人の実家から仕送りがないのは厳しいので、お相手にはそれなりの経済基盤が求められるというのもある。

『お主ならいくらでも稼げように』

それで、俺が死んだらどうするんです？

いつどこで死ぬかわからないのが退魔士業界である。

それはレベルが高い俺だって例外ではない。

もし俺が死んだ後で子供がまともに育つ環境ができていなければ、御家断絶一直線。

最悪は千秋が継ぐことになるが、せっかくほかの家に嫁いで神社の面倒事から解放されているであろう千秋を、俺の都合でこの道に戻すのはさすがにどうかと思うわけでして。

最悪の場合に備えて出戻っても生活するのに困らないよう家を新築したりしているが、それはあくまで保険でしかないのである。

保険は使わないほうがいい。ならばその保険を使わないために必要なモノはなにかといえば……。

『やはり金、か』

そう、金なのだ。

愛情と金を両立できるのが一番なのだが、そんな贅沢を言える身分でもなし。

そんなわけで、どれだけＯＫサインを出されようとも、鷹白家を抱え込むだけの甲斐性がないことを自覚している俺が環に手を出すことはないのである。

『向こうは中津原家が色々と手を回しておるから問題ないと考えておるようじゃがな』

俺に中津原家を頼る意思がないのでノーカンです。

つーか、ことあるごとに頼っている俺が言うのもなんですが、あの家は俺に甘すぎませんか？

『本当に今更じゃな。それに甘すぎるもなにも、宗教的には連中の祭神である妾が憑いておるお主こそ正当な巫《かんなぎ》にして現人神ぞ。妾の意思を衆目に伝えるのが連中の務めであることを考えれば、中津原家が妾と意思疎通できるお主に全面協力するのは当たり前のことじゃろうが』

神様が実在することの影響を真正面から受けたパティーンですね。

『お主を取り込むことができれば中津原家は名実ともに日本有数の神社となる。その意義を考えれば、今このときに嫁が来ないことが不自然とさえ言えるわな』

それはまぁ、ね。

早苗さんのときに神様から説教されているし。ここで嫁を差し出して「また人柱？　お前ら、懲りてないの？」なんてことになったら面目とか色々丸潰れだからね。

『じゃから連中は早苗が自然に距離を詰めることに期待しておるのじゃろう』

早苗さんもねぇ。状況が状況だから恩に着てくれているのもわかるし、俺に特殊な目を向けてくれるのもわかるんだが、如何せん彼女も中学生だからな。

恋愛対象として見るのはちょっと厳しい。

『かー！　この草食系男子が！　そんなことじゃからこの国の出生率が上がらんのじゃぞ！　もっ

とこう「グヘヘヘヘ、周りの女は全部俺のモノだ！」みたいなハーレム主人公ムーヴをかまそうとは思わんのか⁉』

そんなざまぁされそうなムーヴは御免です。

あぁ、もちろんざまぁした後に被害者面してハーレムを作るような真似もしませんよ。

『な、なんじゃと⁉　くっ！　このままでは妾の「東京の高校に通ったら今まで俺にだけ女の貌を見せていた神社の娘がいつの間にか知らない男にＮＴＲされていたので神様の力を使って復讐します！」計画が台無しにっ⁉』

計画というか企画というか。とりあえず、復讐するなら神様の力を使っちゃあかんでしょ。

自分の力でやれ自分の力で。

『自分の力でやれるような奴はそんな発想には至らない定期』

そりゃそうでしょうけど。いつの間にか怪しい企画に参加させられていた環が不憫でならない。

『元々こやつはお主のおかげで生きておるんじゃし、なによりお主が退魔士として鍛えたおかげでタダで高卒資格を取れるんじゃぞ？　それくらいは協力してもらわんと、のぉ？』

のぉ。じゃないでしょ。

あ、そういえば。

「環が向こうで生活している間、家の人の食費とかは大丈夫なのか？」

「ふぇ？」

現在鷹白家の食費を稼いでいるのは、俺の目の前でまだ見ぬ高校生活に思いを馳せている少女である。俺が知る限りでは、環は普段早苗さんと組んで毎週土日限定で深度二や深度三の異界に潜っている。月の稼ぎは二人でだいたい二〇万前後だったはず。二人で割るからだいたい一〇万だな。

早苗さんはそれを自分で稼いだお小遣いとして貯金し、環は家族の食費や、自分のスマホの料金や、弟の服代や靴代。あとは諸々の出費に備えて貯蓄していたはずだ。

月一〇万の収入がなくなると考えれば相当厳しいと思うのだが、その辺は大丈夫なのだろうか。

『一度上げた生活水準を戻すのは至難の業じゃからな』

ほんとそれ。ウチの場合はまだ千秋や芹沢嬢という稼ぎ手がいるが、環の弟くんは退魔士じゃないからな。食費を捻出するために借金とかしそうで怖いのだ。

「あぁ。えっとね。一応貯金もあるし、向こうだと学校に通いながらでも稼げるみたいでしょ？お嬢に聞いた感じだと毎日やれば土日限定で異界に潜るよりも稼げるみたいだからさ。それで稼いで仕送りとかする予定なの」

「ほうほう。そんなに稼げるのか」

小遣い程度だと思っていたが、考えを改める必要があるか？

「らしいよ。なんでも学校が管理する異界で【魔石】や素材を集めたりするんだって。移動の時間もないから放課後にパパッとやれそうなんだよね」

「ほほー。なるほどなー」

学校が管理する深度がどれくらいのものかは知らないが、人間に管理できている以上、最悪でも深度四以上ではないのは確定である。

『さしずめ深度二の中盤から深度三の中盤ってところじゃろか』

そんな感じでしょうね。そこに毎日通えるのであれば、確かに土日限定で異界に潜るよりは稼げるかもしれない。というか、学校が準備する退魔士の仕事も今の環にかかれば放課後の部活動と大して変わらないのな。

『まぁ、所詮は学生にやらせる仕事じゃからの。深度二の異界で無双できるこやつからすれば大した脅威にはならんじゃろ。早苗と組めば尚更よ』

それもそうか。逆に今の早苗さんと環が組んでできない仕事を学校に持ってくる奴がいたら、ソッチのほうが問題ですね。

『じゃな』

「もちろん東京の協会にいい仕事があればそっちを優先するつもりだけどね。あ、もしよかったら暁秀も一緒にやらない？」

「お、そうだな。時間があったらやるか」

学校が用意する仕事なら無駄に目立つこともないだろうし。

ソコソコ稼いで仕送りする分には悪くないかもしれないな。

『お主よ、それ、フラグじゃぞ』

ははは。上手いことをおっしゃる。

「うーむ。困った」

いや、マジで困った。

『なにがじゃ？』

なんだかんだと聞かれたら、答えてあげるが世の情け。

つーか元々は前回神様からいただいたフラグ宣言が原因だからな。

神様には聞く権利がある。というか聞いてもらいます。

「実のところ、向こうの学校でどう過ごすかを決めかねていまして」

『ほむ？』

俺が通うことになる学校は退魔士用の学校である。

全寮制だとか学費が不要などの細かいことは神様との会話で触れた通り。

ちなみに退魔士だけが通える退魔士の専門学校は、日本に二校存在する。

場所は東京と京都。

これを〝二つしかない〟と取るか〝二つもある〟と取るかは人それぞれだろう。

ちなみのちなみに俺は〝二つもある〟派である。

だってそうだろう？　向こうは神道系や仏教系の学校ではなく【退魔士】の専門学校だぞ。

特殊な才能の持ち主かつ同い年の子供がどれだけいるというのか。

一学年に一〇人、いや、三学年で一〇人しかいなくても驚かんぞ。

そう思っていたのだが、環曰く一学年で三〇人くらいはいるらしい。

日本は広かった。

『そりゃそうじゃろ。お主の周囲だけでもお主と環と早苗がおるんじゃぞ？　東日本に限定しても五〇人くらいおってもおかしくないわ』

本当にその通り。ついでに言えば、退魔士は死亡率が高いので各所でできるだけ増やそうとしているんだとか。なんでも子供に退魔士が生まれた場合、補助金を出す組織もあるらしい。

ウチ？　ウチはそういうコミュニティーに入ってないから。

もちろん鷹白家も入っていない。

実のところ国会でも補助金制度の導入は何度か取りざたされているらしいが、今もって国を挙げてやっていないのは一般の人と退魔士の間に溝を作らないためらしい。

『利権の調整に時間がかかっとるだけじゃろ』

もしくは政治家連中こそが退魔士を恐れているか、ですね。

『あぁ、そういう意味では連中も【一般人】じゃものな。自分を特別視できないのも怖ければ、自分の影響力が及ばぬ相手が怖いわけか』

でしょうね。

彼らは退魔士を恐れているが故に退魔士の数を抑制したい。しかし【魔石】を含む異界由来の産物を軍事や経済に流用するためには退魔士を増やす必要がある。でも退魔士が増えたら怖い。

その堂々巡りってわけだ。

『ほんなら国が本格的な支援を行うのは、退魔士を討伐できるだけの装備が十分に整ってから、かの？』

だと思いますよ。そのほうが世論を説得しやすいでしょうし。

なんなら他国が色々やってくれるのを待っているかもしれませんね。

『その間に貴重な退魔士が余所に流れていくわけじゃな』

余所っつってもなぁ。他国ならまだしも、ほとんどは冥土に逝きそうですよね。

『政治家や役人にしてみたらそっちのほうが良さそうじゃがな。なんせ他国に行けば血統や秘伝が流出するが、冥土に逝く分には個人の問題で終わるわけじゃし』

本当にそんな感じで考えていそうなのが怖い。

『連中、未来の創り手としては三流以下じゃが、利権漁りと保身にかけてだけは一流じゃからのぉ』

しぶとい（確信）。

政治と金の問題で俺たちが補助金の恩恵に与れないことについては今後の課題にするとして。問題は学校に通った後のことである。

『そういえば過ごし方がどうこう言っておったな』

ええ。喫緊の問題としては、環と一緒に異界に潜るのは良いとしても深度三の異界に潜るかどうかって話ですね。

『潜れば良いじゃろ。隠す意味もなくなったんじゃし』

隠す意味というかバレていたというか。

まぁいいや。とりあえず俺が深度三に潜るかどうかを悩んでいる理由ですけど。

『うむ』

まず学校が用意した仕事に従事して深度三の異界の素材を集めるということは、国に深度三相当の素材を渡すということでしょう？

『そうじゃな。あ、値崩れの心配か？』

いいえ、深度二の【魔石】ですら不足している今、深度三の異界から取れる素材なんてどこでも引っ張りだこでしょうから、俺と環と早苗さんで手に入れることができる程度の量で値崩れが発生する心配はありません。むしろもっと回収させるために単価を上げるくらいのことはするだろうと思っています。

『単価が上がるなら問題などあるまい？』

今回に関してだけは、問題は金ではないのですよ。

『金じゃない、じゃと？』

そうなんです。俺らが採取を頑張れば頑張るほど、国が深度三相当に潜れる退魔士に対抗できる武装を手に入れることができるわけですよ。この前ウチに来た教会の連中みたいに。

『それが連中の目的の一つじゃからな』

退魔士への対抗手段が増える。つまり、千秋が危ないってことじゃないですか。

『ん？　まぁ、そうなる……か？』

そうなるのです。

今は深度三の素材が貴重だから国としてもいざというときのために蓄えているかもしれないが、

俺が自重を忘れて毎日本気で集めたら結構な量になる。

その使い道はどこになるのかという話だ。

もちろん先ほど言ったように使い道はいくらでもある。だが、最優先で回されるのはエネルギー生産や各種産業関連の企業ではなく【対退魔士用兵器】の開発を行っている技研だろう。

俺が役人なら、退魔士たちに銃を突き付けてでも【魔石】を回収させる。

それに抗える力があればいい。だが千秋にはまだそれだけの力がない。

深度二や三の異界で戦える程度ならパワレベすれば数日でいけるが、深度三を超えるまでになるとさすがに無理がある。

結果として俺が真面目に集めた素材が千秋の危険に直結するわけだ。これは実によろしくない。

だから俺はハタチがどうこう言いながらその実、千秋が自衛できるレベルになるまで積極的に深度三の異界に潜る気はなかったのである。

心配しすぎ？　それ、この前襲撃してきた連中の装備を見ても言える？

アレは教会だったけど、次は国だぞ？

さらに、俺は前回のアレのせいで教会や協会の上層部だけでなく、巻き添えで自分が呪われていたと知った政治家たちからも睨まれているからな。

もっとも、それに関しては『アイツに関わるな』という抑止力にもなっているので、一概に損をしたと思っているわけではないが。

『お主の懸念は理解した。こちらの準備が整っておらんうちに国に対して深度三の異界で取れる素材を回したくないのも道理よな。探索に関しては早苗や環に言えば納得してくれるじゃろ。じゃがほかの連中は……』

ええ。環や早苗さんなら理解してくれても、俺たちへの対抗策を欲している国が黙っているとは思えません。

異界に赴かなければ「なぜ深度三の異界に潜らないのか？」と訝しむだろう。

採取する数を減らせば「なぜその程度の数しか持ち帰ってこないのか？」と聞かれるだろう。

総じて「ナニカ疚《やま》しいことがあるのではないか？」と疑われることになる。

ただでさえ社会的に脆弱な俺が国家機関に目を付けられるのは問題しかない。

では「やっぱり学校に行かない」という選択肢はどうかというと、これも難しい。

だって両親が乗り気だから。

『自分らを護るために学校に行きません。なんて言われたら両親の立場がないしのぉ』

ですよねぇ。

あと、入試に落ちたという言い訳も通用しない。だって入学試験がないから。

『試験もなんにもない！』

学校はあるけど試験がないとはこれいかに。

実際のところは【退魔士】としての実績がある場合は入学試験が免除されるというだけで、入学した後は普通に定期試験があるんですけどね。

『げげげぇ⁉』

もちろん学校の存在理由が退魔士を確保することなので、赤点さえ取らなければいいって感じであるが。

一応卒業時に高卒資格を与える以上、最低限の教養がないと駄目らしいが。

この辺はスポーツ特待課にスポーツ推薦で入ったと思えば不自然でもなんでもない。

前世を含めてスポーツ推薦なんて受けたことないけど。

問題はどう転んでも学校に通う必要があるということであり、学校で手を抜くにしてもそれ相応の理由が必要だということだ。

『お主が深度三に潜らんでも良い理由を探すほうが難しいわな』

同期である環や早苗さんだって普通に潜っているからな。

今更二人に深度三の探索を遠慮してほしいとは言えない。

特に環には。

『アレはアレで生活がかかっておるからの』

そうなんだよなぁ。

本来であれば彼女のように稼げるときに稼ぐのは悪いことではない。

むしろ稼ぐのを制限している俺のほうが異端だろう。

それはわかっているのだが、家族の安全に直結するとなると悩むわけで。

こんなことなら学校に通うにしても普通の公立高校にしておくべきだったぜ。

まさかこの俺が深度三の異界に潜れることが周知されているとはな。

気付かなかった。この俺の目を以てしてもっ！

『さすがに二年も気付かんのはどうかと思うがの』

誰も指摘してくれなかったんだから仕方ないと思います。

あと、絶対に出てくるであろう馬鹿への対処法。

『馬鹿？　あぁ「どこの馬の骨とも知れない男が早苗さんに近づくな！」的なアレか？』

そう、それ。そういう奴に限って名門の人間でしょ？

『そりゃ、〝自分は早苗に近づく奴を制限できる権利がある〟と自認することができるとすればそれなりの名門じゃろうな』

殺したら面倒になるじゃないですか。

『呪いはどうじゃ？』

俺が干眼の呪い以外にも強力な呪いが使えるとわかったらどうなると思います？

『これ以上成長する前になんとしても討伐しようとするじゃろうな。もしくは研究材料として確保された後にホルマリン漬け、かの？』

ですよねー。

なので喧嘩を売られても穏便に済ませないと駄目なんですけど、穏便に済ませることってできると思います？

『無理じゃろ。獅子にとっての甘噛みはネズミからすれば致命傷ぞ』

ですよねー。

そんな感じで諸々考えていると不安になるわけですよ。

『ほーん。獅子には獅子の不安があるわけじゃな。しかし……』

なんです?

『フラグが建つ前に破壊しまくるのはちょっとどうかと思わんか? 見ている側の楽しみとか考えたことある?』

面倒事はないほうが良い。当たり前の話だよなぁ?

# 6　そして高校へ

①

「お兄ちゃん、本当に行っちゃうんだね……」

「そうだな」

三月末のある日。しがない神社から徒歩一〇分ほどのところにあるとある駅には、四月から通うことになる学校がある都市まで移動するために電車に乗り込もうとする俺と、それを見送る妹＋付き人の姿があった。

両親？　普通に玄関で別れたよ。

薄情とかじゃなくて、片道九〇分もあれば行ける距離だからこれくらいが普通だと思う。

千秋がなんか悲愴感に浸っているのはアレだ、彼女は悲劇のヒロインを気取りたいお年頃なのだ。

『付き人のおかげでお主への依存も徐々に薄れてきておるし。今くらいなら浸らせてやってもよかろ』

了解です。

兄離れする妹にちょっと微妙な感傷を抱きつつ、千秋のヒロインムーヴを邪魔しないように言葉をかけることにする。

「基本的には長期休暇以外に戻ってくる予定はないが、連絡があればすぐ戻る。だからなにかあったら必ず連絡をするように」

「……うん」

「理解していると思うが、絶対に深度三以上の異界には潜らないこと。深度二の異界でもできるだけ妖魔は討伐しないように。特に芹沢嬢。わかっているな？　俺がいないときにあの状態になったら冗談抜きで死ぬからな」

「はい！　絶対に無理はしません！」

「よろしい」

数カ月に亘って頑張ってレベリングした結果、芹沢嬢は先日めでたく一度目のレベル上限に到達した。ちなみに彼女の上限は一八だった。

その際彼女は、内側から【呪い】に浸食される恐怖を味わっているので、俺がいないところで無理をする心配はない……と思われる。

問題はまだそれを経験していない千秋が無理をする可能性だが、千秋とて芹沢嬢が死んだら困るだろうし、なにより千秋のレベル上限はまだまだ先だと思われるので、今のところ心配は不要だ。

『実際まだまだ限界には届かんからの』

神様は斯《か》く語りき。

二人の現時点でのレベルは、芹沢嬢が一九で千秋が一七となっている。

俺が実家を離れる前に、二人を深度二の異界程度であれば余程油断をしない限りまぁ大丈夫だろうといえるレベルまで上げることができたのは僥倖《ぎょうこう》と言えるだろう。

それと、以前懸念していた学校で問題が発生した際の対処法だが……これについては色々考えることが面倒になったので、なにかあったら高度の柔軟性を維持しつつ臨機応変に対処することにした。

『要するに行き当たりばったりということじゃな？』

間違ってはいない。

というか、あの人はアレで軍学校を主席卒業した秀才だからね？

ちょっと戦略眼がなかっただけで。

『それが同盟にとっての致命的な致命傷になることを知らなかったやつらは裏世界でひっそり幕を閉じるのであった』

難解なブロント語は解読できないので勘弁願いたい。

ほかの人に丸投げできなかった同盟軍の司令官たちと違って、俺はいざとなったら早苗さんに丸投げしてもいいって言われているから問題はないと思われます。

『そりゃ早苗にしたら自分が原因でお主に迷惑がかかったら色々と立場がないからの』

そうらしいですね。

つーかあの人もね。もう人柱じゃないんだから好きに生きればいいと思うんですけど。

『そう思うならさっさと手籠めにすればよかろう』

好きに生きればいいと言っているのに手籠めにしろとはこれいかに。

それに相手はまだ高校生にもなっていない少女なのですが。

『今は幼女が微笑む時代なんじゃ！』

謝れ！　四人の中で唯一宗家とかの血を引いていないにも拘わらず最終選考まで残った努力の人に、昨今のラノベ業界の流行を一言で語らせたことを謝れ！

『む、すまんかった。確かに早苗は幼女ではなく少女じゃったな』

誰も指摘していないことを謝罪されましてもねぇ。

『幼女云々はさておき、早苗や環についてはマジで考えとかないとまずいと思うぞ』

そうなんですか？

『大人しくて小柄な巫女とか田舎育ちの僕っ子幼馴染みが東京に行くんじゃぞ？　そんなのＮＴＲのネタに決まっておるじゃろ！』

その企画、まだ続いていたんですね。

『取られてから泣いても遅いんじゃぞ？　誰かに取られるくらいなら強く抱きしめて壊れそうなくらいに純情な感情をぶつけるべきではないか⁉』

雨の中で空回りしそうなのでやめておきます。

『かー！　いい歳こいて酒もタバコもギャンブルも女もやらんって、お主は一体なにを楽しみにして生きておるんじゃ⁉』

普通に楽しく生きているつもりなんですけどねぇ。

つーか、先月一五歳になったばかりの子供に酒・タバコ・ギャンブル・異性と人生を狂わせる要因フルコースを勧めてくる神様がいるらしい。

あれ？　もしかして彼女は邪神なのでは？

『ふむ。人の正気を保証するのは他人。ならば、神の正邪を決めるのは一体誰なのか……』

少なくとも俺や少佐ではないですね。

戦争が嫌いな俺はアシカの格好をしながら哲学的なことを口にする神様を横目に、千秋や芹沢嬢に最低限の注意を伝えてから電車に乗り込んだ。

「絶対、絶対に帰ってきてね！　東京の女に溺れちゃ駄目だよ！」

妹よ。お前もＮＴＲか。

『はっ⁉　これはもしや「俺が東京に行っている間に妹がチャラ男にＮＴＲされていたので神様の力を使ってチャラ男に復讐します！」シリーズの幕開けか？』

妹をＮＴＲされるとは言わんでしょ。

もちろん傷モノにされた場合は報復するけど。

『出た、シスコン。早苗や環のときはなにもしないのに妹のときだけは動くんじゃな』

そりゃそうでしょ。兄ですので。

『それで全て片付くと思うなよ？　まぁ、お主にも昂《たかぶ》るモノがあるならそれでええがの』

なにやら楽しそうにしている神様や、悲愴感の中にもどこか愉しみを見いだしつつあるように見える妹。そして、その妹を見て少し引き気味の芹沢嬢。

どうやらこの中でまともなのは俺と彼女だけのようだ。

頑張れ芹沢嬢。妹の正気は君にかかっている。

『SAN値直葬旅番組！』

このままTUGARUに逝け、と？

埼玉から鈍行で？

不死鳥に会う前に死ぬぞ（俺のケツが）。

TUGARU限定で放送されているらしいマイナーなラジオ番組の情報を聞きながら学校がある東京は国分寺へと向かう俺。

その胸中にはコンクリートジャングルで暮らすことへの不安と、まだ見ぬ高校生活への不安が渦巻いていた。かもしれない。

『向こうは夜になると空を飛ぶぶって本当かの？』

そんな異界もあるかもしれませんねぇ。

こわやこわや。

✿ ✿ ✿ ✿ ✿ ✿ ✿

「君が噂の神殺しかッ！　なんでもかなり厄介な呪いを使うらしいねッ！　でもそれもすでに種は割れているッ！　そうである以上、対策は万全ッ！　だから今までのように、周囲を脅迫して自由にやれると思わないことだッ！」

校門をくぐり自分が入ることになっているはずの寮に向かっていたら、なんか偉そうな上級生らしきお嬢さんに絡まれました。

『いきなりフラグ回収きたー！』

「……こういうのはいらねぇって言ったのに」

『フラグってこういうものじゃから』

諦めろ、と。

入学初日ですらねぇのにこの扱いは酷くない？

まったく、なんて日だ。

②

突然だが、春から俺が通うことになる学校の正式名称は国立東京退魔育英高等学校という長ったらしい名前である。

場所はかつて東京都国分寺市にあった国分寺公園跡地に造られており、敷地面積はおよそ一五ヘクタール。東京ドーム換算で約三個と少しくらいの広さである。

『アレってドームだけなんじゃろか。それともドーム街全体なんじゃろか？』

埼玉県民にはよくわからないですよね。だから別の例があります。

『ほほう？』

なんと浦安にあるネズミの王国が約五一ヘクタールで東京ドーム十一個分です。

なので、約四倍すればあそこと同じくらいだと言えば地方の出身者にもわかりやすいかと。

『おぉ！　ネズミランドは敷地面積だから埼玉県民にもわかりやすいの！』

そうだろうか？　そもそも約三倍とか約四倍とか言われてもわかりづらくないですか？

『こやつ、自分から振っておいて放り投げおった。これは、振り逃げってやつじゃな』

記録上は三振がつくのでアウトと思われがちだが、実質的にセーフなので問題はないのである。

『ふむん。暴投扱いで出塁された場合でもノーヒットノーランは達成できるんじゃろか？』

なにやら野球のルールに思いを馳せる神様に一言。

振り逃げが成功した場合は、完全試合にはならないが得点さえ許さなければノーヒットノーランにはなるので安心してほしい。

『パーフェクトクローザーに妾はなる！』

それはダメじゃー。

人体の限界と野球のルールを投げ捨てた幻のゲームはこの世界にないので色々と諦めてもらうとして、話の本題はこの学校のことである。

東京ドーム三個分の敷地面積と言われれば一学年に三〇人くらいしかいない学校の規模にしては大きいと思うかもしれないが、ここには魔術的な技術の研究や魔石を使った技術の検証などを行うための施設が併設されているし、なにより学校が管理している異界が存在するため、それほど余裕があるわけではないそうな。

『むしろ近隣住民の避難とかを考えたらもう少し空間があったほうが良いやもしれんな』

基本的に異界は閉じた空間だし、そもそも異界の中にいる妖魔は空気中にある魔力的な力がないと生存できないため、小説よろしく【異界から大量の妖魔が溢れ出す！】なんてことはそうそうない。そうそうないが、皆無ではないので警戒が不要というわけでもない。

『自力で魔力的な力を排出できる妖魔であればいくらでも出てこられるってことじゃからな』

そういうことなので、万が一に備えて空間を確保するのは悪いことではないのだ。

今のところ俺には関係ないが。

『まぁ、今更、深度二か三の異界から妖魔が出てきたところでのぉ』

レベル差があるのでいつでも潰せるし、研究所でやっている【魔石】や素材の研究にしてもあまり興味が湧かない今日この頃。

『今のお主には深度三の素材で造られた武具なぞ必要ないからの。あと、前に言っておったように、連中の技術レベルを上げるのはまだ早いってのもあるか？』

そうなのだ。妹用に防具くらいは揃えておきたいところではあるが……それなら学校なんかに頼らず、最初から中津原家に深度四や深度五の異界から取れる素材を渡してオーダーメイドしたほうが確実かつ早いのだ。

『国が信用できんからの』

ほんとそれ。

連中には〃お国〃のために〃って大義名分があるのだろうが、そういうことを口にしている輩にとっての〝お国〟とは、自分やその周辺で利権を貪る仲間だけってパターンが多すぎる。

ましてや今の彼らは退魔士の首に鈴をつけようと必死になっている最中。

いかに適当に生きている俺でも、そんな連中を強化して自らの首を絞めるような真似をするつもりはないのである。この学校に入学することにしたのも、あくまで無料で高卒資格を取得するためであり、それ以外の理由はないし。

『面白そうな技術とかもなさそうじゃしな』

そうですね。

ここで神様が言う技術とは、科学者が研究しているそれではなく、退魔士が習得しているものを指す。ちなみにこの学校、退魔士の養成機関を謳ってはいるものの、専門的な教育はあまり行われていない。具体的には、特殊な素材で造った武器を使った素振りや、結界のような効果のあるお守りの作成方法の伝授など、基礎的な魔力の使い方を教える程度のことしかしないらしい。

理由は技術の秘匿と保全だそうな。

『そらそうよ。基礎知識とかならまだしも、技術なんてのは門外不出が基本じゃからな』

教える側とて自分たちの技術をばら撒くような真似はしない。当たり前の話だ。

ほかにも教員の数と質の問題もある。

『神社の息子に密教の業を教えろと言われてもな。教えるほうも教わるほうも困るじゃろ』

その通りとしか言いようがない。

だが、そうなるとこの学校は専門学校でありながら専門技術を学べない学校ということになる。

そんな学校になんの意味があるのか。

もしくは、そんな学校に入学する生徒にどんな目的があるのか。

学校の存在意義については一言で言えば【退魔士】を集めること。これに尽きる。

『この学校は国立。国が求めておるのは【退魔士】であって、貧困世帯の子供ではないからの』

そう。この学校に入学できるのはあくまで【退魔士】であって、宗教関係者の子供が無条件で入学できるわけではないのだ。

故に【退魔士】としての力がある人間を集めることができている時点で、この学校の存在意義は果たされていると言ってもいいだろう。では【退魔士】としての力を持つ子供がなぜ生徒としてこの学校に入学するのかというと、これまた単純な話で、どれだけ力のある人間であろうとも、この学校を卒業しないと【退魔士の資格】が得られないからだ。

ここで、俺や環は【退魔士】ではないのか？　と思う人もいるかもしれない。

その答えは半分正しく、半分間違っている。

確かに俺や環はすでに実績を挙げている【退魔士】だ。

だが、この場合の【退魔士】とはあくまで協会からの依頼を受けて物品を納品している業者の呼称でしかない。

『言ってしまえば「職業：冒険者」みたいなもんじゃな』

そんな感じです。

これに対して【退魔士の資格】とは、言わば国家公認の退魔士であることを証明する資格である。

この資格を有することで、国や地方自治体が行う入札に参加することができるようになったり、協会を通さずに依頼を受けることができるようになるというメリットが存在する。

これらの事情からこの資格は名門であれば絶対に欠かせないものなので、早苗さんのような金や技術に困っていない人間であっても【この学校を卒業した】という経歴を手に入れるためだけに、わざわざこの学校に通わされることになるのである。

また、この資格に付随している社会的な信用が目当てという層もいる。これは新興の宗教団体などの場合が特に顕著なのだが、この資格を持っている人間がいるか否かで組織としての信用が得られるかどうかが左右される（この資格を持っている人間がいない宗教組織は似非認定されてしまう）ため、彼らにとってこの資格はなんとしても欲しい資格となっているので、今のところこの学校へ入学したいという人間は後を絶たない状況となっている。

『国の思惑通りじゃな』

そうともいう。

兎にも角にも、俺はあくまで学歴、つまりは自分の将来のためにこの学校に来たのであって、ほかの誰にも迷惑をかけるつもりはない。植物のように三年間を平穏に暮らして卒業できればそれでいい。なんなら早苗さんや環とはずっと別行動でもいいと思っているくらいだ。

『ＮＴＲ計画はどこ……こ↑こ↓？』

そんな計画は最初からありません。

「聞いているのかなッ⁉」

だからナニカ勘違いをしている先輩っぽい人。頼むから俺に関わろうとしないでください。

絶対、面倒事にしかならないから勘弁してください。

『叫び声を上げるな！　陰○が苛立つ！』

股間が気になってハイジャックに失敗したかぼちゃマスクは退場してどうぞ。

③

改めて俺に声をかけてきた女性に目を向ける。

身長はだいたい一六○センチくらいだろうか。

俺より低いが女性としてはやや高い感じだ。

髪の色は赤みがかった黒で、瞳の色も同じ。

色合いだけみれば環と似ているが、環のほうが赤い色が濃い感じである。

髪の長さは後ろで縛っているので不明。少なくとも肩口以上はあるとしか言えない。

体つきは鍛えこんでいるのかやや細身。

もっとも、基本的に退魔士は鍛えこんでいるし、その仕事内容からカロリー消費も激しいためどうしても細身になりがち（それに加えて経済的に余裕がない場合が多く、純粋に栄養が足りないので小柄になりがち）なので、細身というだけでは特徴としては弱いかもしれない。

だがその細身が、結果的に彼女がお持ちの胸部装甲を強調してしまっているとなれば話は別だ。

『八六のD!』

詳細は不明だが、少なくとも環や早苗さんでは比べものにならない厚みの装甲をお持ちであることは確かである。

『ま、妾には勝てんがの』

そりゃ神様は身長も各サイズも、なんなら髪や目の色まで自由自在ですからね。

『ふふん』

いきなり妙なマウントを取りはじめた神様はさておいて。

俺がこの「ッ」が多い女性のことを上級生と判別したのは、彼女の外見、もっと言えば彼女の服装にある。基本的な話として、この学校の入学条件はただ一つ『退魔士としての力を有すること』それだけだ。故にこの学校にいる時点で彼女もまた退魔士としての力を有しているのは確定的に明らかだ。そしてほとんどの退魔士は、異界に潜る際に仕事着として己の宗教に根差した格好をする傾向がある。

『じゃから相手が異界に臨むときの格好を見れば所属している組織や宗派がわかるんじゃな』

ただし、退魔士だろうがなんだろうが仕事のときに着ない服、即ち普段着という概念は存在する。というか、仕事着として選ばれた衣服は彼ら彼女らにとって神聖なものなので、退魔士でなくともそれらを普段使いするような真似はしないのが暗黙の了解となっている。

それが宗教関係者にとってどれくらいの常識かといえば、我が妹があの貧困時代であっても巫女装束を私服としなかったことからもわかるだろう。

故に異界に潜るつもりがないのであれば、普通に動きやすい格好をするのが当たり前なのである。動きやすい服などというのは個人の主観に左右されるものなので、誰がどのような格好をしていようと俺から文句を言うつもりはない。

精々が心の中で似合っているか似合っていないかを考える程度だ。

翻って、彼女の着ている服を見てみよう。

『どっからどう見ても軍服じゃな。百歩譲ってツナギ風の作業着かの』

そうなのだ。それも式典のときに着るような感じの制服ではなく、カーキ色の、たとえるなら地球連邦軍が着ているような作業着っぽい服を着ているのだ。

『ワーク◯ンにありそう』

あそこにないなら専門店に行くしかないですね。

品揃え抜群のお店でメインを張っていそうなその服は、当然洗濯やらクリーニングはきちんとしているのだろう。目立つ汚れはない。だがしかし、どこからどう見ても新品ではないし『数日前まで新品だったモノじゃない』と断言できる程度には使い込まれている。似合っているかどうかで言えば、間違いなく似合っている。なんなら板についていると言っても良い。

これだけ着こなしている以上、彼女が普段からこの格好をしていることは明白。

新入生なら新品を貸与されているだろうし、なにより態度がでかいので、俺は彼女が新入生ではないと判断したわけである。

『結局決め手は態度なんじゃな』

そりゃそうでしょ。

ファッション僕っ娘の環と違い、一目で体育会系とわかる彼女が初対面の相手にこんな態度を取っている時点でこっちを年下と認識しているのは間違いない。

『体育会系は上下関係に厳しいからの』

そうですね。

あと、同学年として扱うよりも先輩として扱っておくことで、後から先輩だとわかった際にも「無礼な後輩」なんて悪評を流される可能性を減らせるという面もあります。

『今更フラグを折っても遅いと思うんじゃがのぉ』

やらないで後悔するよりもやってから後悔したほうがいいと思う。

『確かに。手を出す前にNTRされるくらいなら、少なくとも一度は美味しい思いをしている分、やってからNTRされたほうがマシじゃな』

いや、それはどうだろう。

個人的には後者の場合もかなりダメージを受けると思うんですけど。

『男としての自信をなくす、か？』

そんな感じです。

というか、思春期の男子みたいになんでもかんでもそっち方向に進めようとしないでくださいな。

『いや、お主こそ思春期の男子なんじゃが……』

中身は大人ですので。それより聞きましたか奥さん？

『どうしたんじゃ婆さん？』

会話をしている二人の関係性も気になるが、それ以上に気になるのは先ほど彼女が俺を指して言った一言である。俺の聞き間違いでなければ、彼女は俺のことを【噂の神殺し】と呼んだような気がするのですが。

『あー。確かにそう言っとったな』

ですよね？

神様の証言も得られたので、さっきのが聞き間違いでもなければ気のせいでもなかったことが確定した。ではここで質問である。

噂ってなんぞ？

そもそも俺は神様を殺した覚えがないのだが？

『そうじゃな。妾が知る限りでもないな』

ですよね。

神様がそう言っているのだから間違いない。

だから俺は彼女にこう聞いちゃったんだ。

「えっと、人違いじゃないですか？」

「は？」

めちゃくちゃ冷たい声＋馬鹿を見るような目を向けられたでござる。

こいつ……なんて目を……。

『なんつーか、出荷される前の家畜を見る目じゃな』

どうやら彼女から俺が嘘か誤魔化そうとしていると判断されたようだ。

それにしたって年頃の娘さんがするような目ではないと思うが、まぁ視線で死ぬわけでもないからこれはどうでもいい。問題は彼女にはなんらかの確信がある反面、俺にはその内容がとんと見当がつかないってことである。

「ん？　あぁ、そういうことか」

なおも首を傾げる俺を見てなにかに気付いたのか、彼女は何度か首肯してから人違いではないことを説明してくれた。

「中津原家から秘匿するように言われているのだろう？　だがここでは意味がないぞッ。なぜなら私たちは君が中津原家のお抱え退魔士でッ、これまでも何度か中津原早苗嬢とともに深度三の異界を攻略している実力者だということを知っているからだッ」

「……はい？」

もっとも、その説明を受けたからといって問題が解決したわけではなかったが。

早苗さんと一緒に深度三の異界を攻略したからなんだというのか。

さっさと神殺しなんていう芋焼酎みたいな称号について教えてくれませんかねぇ。

『妾、わかったぞ！』

え？　もうナニカわかったんですか⁉

『うむ！』

さすが神様！　思わず宇宙を背負う猫と化していた俺とは違うぜ！

『ほほほ。もっと誉めよ、讃えよ、地に美千代！』

美千代さんがんばえー。

で、一体全体彼女はなにが言いたいんです？

『美千代って誰じゃ？　まぁよい。あれじゃ。おそらくじゃが、こやつや、こやつが所属している組織の人間からすれば、深度三の異界を構築できる妖魔は神の一種なんじゃろうて。じゃから、深度三の異界を攻略した経験のあるお主は神殺しの経験者というわけじゃな』

そ、そうきたかぁ～。

唯一神を奉じる人たちからすれば自分が信じる神様以外は全て悪魔かその手先だが、多神教の場合、ほかから見れば地味な妖魔も地元の神様となる原理か！

『なんつっても九十九神ごときを神と言い張る連中がいるくらいじゃしな。そういえば前に見た猩々も一部では山の神や神の使いとされておったの』

確かに。

場所によっては妖怪でも場所によっては神様。

この業界では稀によくあることだ。

まして日本は八百万の神という価値観から神様が大量に存在するので、俺が討伐したことのある妖魔を神と認定している人がいてもおかしくない。

その人たちからすれば、確かに俺は神殺しに該当するのだろう。

ついでに言えば早苗さんと一緒に攻略をしたと前置きされている以上、誤魔化しようがないのも地味に痛い。

『この理屈で言えば早苗と環も神殺しじゃな。はっ。本来は歴史に残る偉業も随分と軽くなったものよ。……ちなみにお主は世界で何人目の神殺しなんじゃろうか？』

さて。具体的な数はわからないが、少なくとも七人しかいないということはないだろうから、世界的に見れば【やや珍しい】程度の扱いで済むはず。

だがそこに〝新入生で〟という条件が付けば、それでは済まない。世界的に見ても【極めて珍しい部類】と認識されるだろうことは想像に難くない。

『あとは例の呪いじゃな。こやつの言い分を信じるのであれば、今の時点でお主は退魔士業界で噂になっとるようじゃぞ』

まぁ、前のアレで教会とか協会とかそれらに関係していた政治家とかを大量に巻き込んだからね。噂にならないほうがおかしいと言えばその通りである。

問題だったのは俺を神殺しと呼ぶ理由だったが、今のでその理由や、彼女が所属している組織がなにやら対策をとっているらしいことは理解した。

その対策に意味があるかどうかは不明だが、諸々を後で知るよりは今のうちに知れてよかったと思おう。というかそう思わないとやってられん。

で、気持ちを切り替えたところで次の疑問だ。

「それで、先輩？　は私にどのようなご用がおありで？」

「むッ⁉」

『釘を刺しに来た、にしては妙じゃからな。普通なら呪いを防ぐことができるかどうかを実証してから接触するのが筋よ』

ですよね。

そうしないとただ情報をばら撒いただけで終わってしまうからな。

こちらの世界は前世と違って情報を重視しているので、この人が見た目通りに軍の人間であれば、無意味な接触など絶対にしないし、させないはず。

つまり彼女が入学前の俺に接触してきたのにはなんらかの理由があるってことだ。

候補はいくつかあるし、向こうも馬鹿正直に答えてくれることはないだろう。

『そう考えておった時期がお主にもありました』

え？　なにその不穏なフラグ。

「話が早くて助かるッ！　この度、上から君の監視を命じられたのでなッ！　中津原家が絡むと面倒になると判断したが故にッ、今ッ、君が独りでいるタイミングを狙ってッ！　こうして挨拶に来たのだッ！」

「は？」

『な、なんじゃってー⁉』

④

しかし監視な、うん。監視。監視ときたか。

『まぁこれまでの経緯からすれば、お主が国の監視対象になるのは当然のことじゃろ』

そうですね。神様が言うように、国が色々とやらかしている俺を監視対象にするというのはある意味当たり前のことなので、そこに不満はない。

監視されることに不満はないが、その方法と監視を宣言してきた彼女の所属に不満がある。

普通に考えて、監視役と監視対象の距離が近すぎるだろうが。

先輩らしき人にいきなり「君を監視します！」とか言われても、なんだ。その。困る。

その昔、ヒイロ・グリーンリバー＝サンから面と向かって「お前を殺す」宣言をされたお嬢様はこんな気持ちだったのだろうか。

『つってもまぁ、お主は術式で監視できないからの。人の目でやるしかないってのは向こうとしても不本意極まりないことじゃと思うぞ』

そりゃね。普通なら数十人を纏めて監視しているであろう状況で、俺の監視をするためだけに何人か使うことになりますからね。効率を無視した行いであることは確かだし、効率を最重要視する軍の人間からすれば不本意なのも理解できる。

だからって正面から監視します宣言するのはどうかと思うが。

『隠れて監視しても良いんじゃろうが、それがバレた際の報復を恐れたんじゃな』

それもありますか。俺としては監視がしたいなら隠れてやってくれと言いたいところですが、コソコソされるのを嫌う人もいますからね。

『ましてお主相手の場合、コソコソしとったら喰われるからのぉ。妾に』

コソコソやれという俺の気持ちを優先したら死ぬんですね。

なんて難易度の高いミッションだ。

もちろん、その場合でも神様が悪いってことはないので、向こうが悪いことになるのだが。

『そういえば、以前教会関係者を喰らってから、何度か社に侵入を試みた連中がおったわ。その中に軍の連中もいたのかもしれんな』

なるほど。教会のコマンド部隊がウチに向かったあと消息不明になっていることを知れば、調査の一つも入りますか。そして調査に送った人員が一人も帰ってこない、と。

向こうからしてみたら軽くホラーですね。

『巣穴に侵入されたら呑み込まねば無作法というもの』

不法侵入はいけない（戒め）。

『その反面、正面から来た連中は無傷で返しておる』

うん。どんな思惑があろうとルールを守って参拝している人はお客さんだからね。

お客さんは神様……ではないが、貴重な収入源なので害することはないのである。

だから向こうはこう考えたのだろう。

「隠れたらアウト。正面から接触するしかない」と。

『で、正面から接触するのであれば裏表がない人間のほうが良いと考えたわけじゃ』

「？」

うん。この人、見るからに裏表なさそうですもんねぇ。

いや、人間である以上裏表が全くないなんてことはないのだが、少なくとも彼女が自発的に陰謀を目論むことはないだろうという印象を抱いてしまった。これが擬態だとしたら大したもんだと思う。

『擬態ではなかろうな。こやつはあくまで兵士、あくまで駒じゃ。妾もお主も駒に悪意を抱くほど狭量ではない。向こうの上役はそこを見抜いたのじゃろうて』

道具は使い手次第ですからね。末端の兵士を潰しても意味がない。

器の大きさ云々ではなく、俺がそういう価値観を持っていることを見抜かれたか。

まぁ、実際のところ俺が彼女を許容するかどうかも一種の賭けのような気もするが……とりあえず向こうが色々考えた結果、彼女が送り込まれてきたのは理解した。

では次の問題。彼女が所属する組織についてである。

彼女に俺の監視を命じたのはおそらく、というかほぼ確実に軍なのだが、ここで問題になるのが彼女の所属している宗教組織の存在だ。現在日本に存在する宗教組織は、大きく分けて【神道系】【仏教系】【教会系】【陰陽道系】の四つに分類されている。

イスラム教とかヒンドゥー教とかゾロアスター教はこの国ではマイノリティーなので、信奉している人はいるのだろうが、政治的な発言力はないと思っていい。

そして、この四つの宗教はそれぞれ内部で宗派が分かれている。

たとえば神道系の中には天津神を祀る一派と国津神を祀る一派がある。

仏教には天台宗だの浄土真宗だの真言宗だの禅宗だのといった宗派がある。

ちなみに裏高野で有名な密教は、空海が興したとされる真言宗系の宗派がモデルとなっている。

ただし最澄が興した天台宗系の密教もあるので、密教と聞いて「あぁ、裏高野ね」と知ったかぶりをしてはいけない。

『ユン・ピョウ・トン・ペイ・シュウ・イチ・オ・ガタ・ケン！』

おや？　一人だけ吹き替えの人がいるような？

教会はカトリックだのプロテスタントだの東方正教会だのといったメジャーどころから、地域に根差した結果、色々混ざったものがある。日本で有名な隠れキリシタンなんかの系統も教会の一派として分類されている。

陰陽道は専門外なのでよくわからないのだが、土御門系列と芦屋系列があるらしい。早苗さん曰く宮内庁直轄でそれぞれが東京と京都の皇居を守護しているそうな。

かなり簡略化したが、以上が国内にある大きな宗教組織の内訳となる。

で、この宗教組織たち。各宗派の仲も悪いが、それに輪をかけて組織間の仲がすこぶる悪い。

なんなら些細なすれ違いが普通に殺し合いに発展するくらい仲が悪い。

ついでに言うと、日々暗闘が繰り広げられている程度には仲が悪い。

『宗教家にとって最大の敵は、時の権力者ではなくほかの宗教家じゃからの』

そういうことだ。

だからそういう垣根を無視した組織である協会が必要になったともいえるのだが、それについては今は関係ないのでいったん放置。

　これらを踏まえたうえで俺の立場はどうなのかというと、ウチは神道国津神系列の神社となっているので、そこの長男である俺も自然とこの派閥に所属することになる。

『妾は別に国津神でも天津神でもないんじゃがな』

　そう嘯く神様曰く、彼女は彼らよりももっと前からいたらしい。

　なんでも向こうから不可侵条約を打診してきたので、自分の縄張りを荒らさないのであればそれでいいやと放置していたら、いつの間にか国津神の一柱として扱われていたとかなんとか。

　実態はともかくとして、神道的価値観では土着神の多くは国津神に分類される傾向がある。

　そのため、彼女も国津神として伝承されていたというわけだ。

　経緯はともかくとして、結果として神様は国津神扱いされているため、その彼女を祀っている我が西尾家や、同じ神様を祀っている中津原家は国津神系の家となるのである。

　ちなみに鷹白家も国津神系だが、向こうはその名の通り白い鷹を神格化して祀ったのをきっかけとしてできた家なので、ウチの神様とは一切関係ない。

　閑話休題。

　結局のところ俺がなにを言いたいのかといえば、俺を監視すると宣言した彼女が所属する宗教組織によっては、中津原家を中心とした国津神系の一派と彼女が所属する一派との間で宗教的な争いに発展する可能性があるということだ。

　人によっては下らないと思うかもしれないが、神様が実在するこの世界において宗派とは結構な問題なのである。

「えっと、先輩？」

「あぁ、まだ名乗っていなかったな。私は……ンンッ！　私はッ二年一組の東根咲良《ひがしねさくら》だッ！」

『こやつ、実は無理して「ッ」をつけているのでは？　妾は訝しんだ』

あまりにも「ッ」が多いですからね。実は俺もそう思っていましたけど、先に確認しないといけないことがあるので今は触れないであげましょう。

『しかたないのぉ』

「東根先輩ですか。私のことはすでにご存知のようなので自己紹介は省かせてもらいます」

「うむっ！」

「単刀直入にお聞きします、東根先輩が所属する宗教組織はどこになりますか？　それによっては先輩からの監視を受け入れるわけにはいきませんので、正直にお答え願います」

「神社の息子である君がそこを気にするのは当然だなッ！　だが安心してほしいッ！　私は特定の宗教組織に所属していないッ！」

とはいっても、ここで嘘を吐く意味はないのだが。一応な。

「はい？」

「神社の息子である君がそこを気にするのは当然だなッ！　だが安心してほしいッ！　私は特定の宗教組織に所属していないッ！」

「いや、聞こえなかったわけではないです」

『大事なことなので二度、ではなく、単純にお主が聞き返したと判断したようじゃな』

これは天然？　それとも計算？　と首を捻っている神様だが、重要なのはそこではない。

「東根先輩は今、ご自身が宗教組織に所属していない、そうおっしゃいましたね？」

「うむッ！」

なぜか自信満々でドヤ顔をかましている東根先輩を前にして、俺は内心で頭を抱えることしかできなかった。

まじかー。まじなのかー。

おそらくだが彼女は、彼女を俺の下に送り込んできた上司の思惑を理解していないのだろう。

そうでなければここまで堂々としていられるわけがない。

『これは、荒れるぞ』

そう言いながらどことなくワクワクしているように見える神様。

だが神様の言葉はなんら間違っていない。

だって彼女は、東根先輩は、軍が俺に差し出してきた生贄《エサ》なのだから。

⑤

「父が国防軍の人間でなッ！　国民を護る軍人が特定の宗教に染まるのは良くないと考えているのだッ！」

「さいですか」

日本は多神教である神道を国教としている国家である。

また、神道は古来より仏教と混淆《こんこう》してきたことで、ほかの宗教に対して寛容なところがある。

その影響もあってか、今日では「新年は神社に参拝しつつ、お盆にはお墓に花と線香を上げる」という宗教的統一性がない行為に対して疑念を抱かない国民も多い。

というか、国民の大半がそうだと思う。

一般にこうした人たちは無信仰派と呼ばれており、一つの宗教に縛られるのを嫌う傾向にある。

国民の大多数がそうであるが故に、その影響力は極めて強い。

具体的には、神社や寺の人間でもクリスマスにケーキを食べたりクリスマスプレゼントを貰ったりしているくらいには強い。

故に、彼女のように家庭の事情から特定の宗教派閥に所属しない【退魔士】がいても別段珍しいことではないように思える……かもしれない。

だが、実のところ彼女のような存在は極めて珍しい存在である。

というのも、退魔士としての力を得られるかどうかは、個人の素養だけでどうにかなるものではないからだ。もちろん、個人の素養がまったく関係ないわけではないが。

事実として、退魔士同士の子供であれば退魔士としての力を発現しやすいというのはある。

だが、最も重要なのはそこではない。

退魔士としての力を宿して生まれるかどうかは、生まれる前に過ごしている土地から力を吸収できるか否かにかかっているといわれている。基本的に神社や仏閣が建てられている場所はその地における重要な霊地であることが多い。よって、そこを管理している神主や住職の子は、生まれる前から霊的な力を注がれていることになる。

これが宗教関係者に退魔士の子供が生まれやすい理由なのだ。

（その力が微弱なところも多々あるので、神社やお寺の子が必ずしも退魔士としての力を得られるわけではないが、霊地と関係のない土地で生まれた子供と比べれば、その差は一目瞭然である）

なので、大半の退魔士は生まれたところが宗教組織となるので、自動的に家が所属している派閥に組み込まれることとなる。

それだけなら宗教組織と関係ない場所で生まれた彼女が宗教的な派閥に所属していないというのは理解できなくもない。

これが生まれの話だけであれば。

当たり前の話だが、無信仰の両親から生まれたとしても後から宗教組織に所属することは可能だ。むしろ退魔士としての力を宿している人間であれば、余程の事情がない限りはどこだって諸手を挙げて受け入れる。それどころか近場の組織が勧誘に動くはずだ。

だが現時点で彼女が宗教組織に所属していないというのであれば、彼女やその親がそういった勧誘を跳ね除けたということになる。

それもありえないことではないが、それは即ち組織に組み込まれることによって生じるメリットを投げ捨てることと同義である。

そういう意味で、宗教組織に所属していない彼女が今まで生きていること自体が異常《きせき》と言っても良い。

なぜか?

組織に所属していて真っ先に得られるメリットを得られないということは、先達からの知識や技術を継承できないことを意味するからだ。

知識がなく、力だけがある大半の退魔士見習いは「自分には特別な力がある!」と調子に乗ったまま異界に行き、その日のうちに妖魔の餌となってしまうのである。

『環のことかー!』

そうですね。

あのとき俺が助けなければ環は死んでいた。

異界とは、それほどまでに死が近い場所なのだ。

ちなみに俺も協会で同じ国津神系列の神社出身の先輩から色々教えてもらっているので、そういう意味ではしっかりと派閥の恩恵に与《あずか》っている。

環は俺から知識を得ているし、なにより実家である鷹白家が国津神系の神社だったからこそ早苗さんとの繋がりも維持できているので、彼女も同様に派閥の恩恵を受けている形となっているわけだ。

『妾がいるぞー!』

うん。まぁ俺の場合は神様がいるから例外と言えば例外なのだが、こういうときに例外事項を挙げると話がややこしくなるだけなのであえて触れないでおく。

続けよう。

第二のメリットは、同じ系列の組織から術具を購入することができることだ。

『装備品は重要。これ常識』

気持ち程度のお守りであれば金を払えばどこでも売ってくれるだろうが、本当に効果のあるお守りや破魔矢になるとそうはいかない。

宗教組織とは、対立している組織に所属している人間に機密を漏らすような真似をする阿呆が長生きできるほど甘い業界ではないのだから。

一応国防軍においても対妖魔用の銃弾や、それを使って討伐した妖魔から【呪い《祝福》】が流れ込むことを防ぐ護符などが開発されているが、その技術の大本は各宗派で名門と呼ばれる組織から流出したものである。

『流出といっても、連中からすれば「まぁコレくらいはいいだろ」って感じの劣化版をあえて流した感じじゃな』

多少とはいえ技術を開示することで、彼らは〝自分たちは情報を独占していない。国民のために一定の配慮をしている〟と示しているそうな。

それはそれとして。

宗教的組織に所属していない退魔士は最低限必要な術具を揃えることができないので、あっさりと死んでしまうのだ。

『装備品は持っているだけでは意味がないぞ！　どころの話ではないからのぉ』

そもそも装備品を持っていないからね。

素人が素手で妖魔と戦ったら、そら死ぬよ。

『妖魔に勝てたとしても、その後に待っている【呪い】を捌けずに死ぬわな』

ですね。軍が開発できている護符は深度二の異界までしか通用しない。

その程度では普通の退魔士として活動した途端に死んでしまうだろう。

『そんなのが一番良い装備で大丈夫か？』

神は言っている、お前はここで死ぬ運命《さだめ》だと。

一番良いのを頼んでも絶望しかない彼女と違い、俺も環も中津原家を通して術具を手に入れているので、この件でも俺たちは派閥の恩恵に与っているといえる。

まぁ、俺は神様から力を借りて解決しているし、環も俺から力を借りて解決している部分が多々あるからこれまた例外事項ではあるのだが。

『レベルを上げて物理で殴ればよかろうもん！』

そのレベル上げが大変なんですよね。普通なら。

そして三つ目。社会的な後ろ盾が得られること。

ある意味では一番重要なファクターかもしれない。

『これがないと研究所に連れていかれて研究資料にされてしまったり、退魔士としての力を持つ人間を欲している宗教団体に攫《さら》われたりするからのぉ』

本当にあった怖い話ですね。

そんなこんなで、宗教組織に所属していない退魔士はその大半が知識不足のため若いうちに死ぬか、特殊な力を過信して罪を犯して殺されるか、研究施設や宗教団体に連れ去られるか、周囲に排斥されて精神を病み己の世界に引き籠もるというのが大半である。ここまで言えば、今、俺とこうして会話ができている彼女がどれだけ稀有な存在なのかがわかるだろう。

『親が軍人でなかったら間違いなく死んでおるわ』

凄い……偶然だ。

そしてそんな彼女が俺への生贄だと判断した理由なのだが、これは退魔士に対する価値観を知ればわかる話である。もちろん生贄といっても人柱という意味ではない。

「そうだ。上は君を勧誘したいらしいぞッ！」

「……そうですか」

ですよねー。

『はい、はちみつタイガー確定ッ！』

前述したように、宗教組織にとって退魔士は稀少な存在である。それがどこの組織にも所属していないというのであれば尚更そうだ。文字通り喉から手が出るほど欲しい存在といえる。

ただし、それはあくまでそれを欲している宗教組織にとっての価値であって、特定の宗教による派閥の形成や内部での反発を避けたい軍からすれば、状況によってどこにでも転ぶ可能性がある彼女の存在は痛し痒し、といったところだろう。

『そりゃまぁ「彼氏が真言宗の人なので仏教に帰依します☆」とか「真言宗の彼氏と別れて天台宗の彼と付き合うことになったので天台宗に改宗します☆」とか言われたら大変じゃからな』

うん。騒動の種ですね。

今だって彼女の所属する部署では彼女を巡って引き抜き競争が起こっているはずだ。

そこで彼女の上司はこう考えたのだろう「こいつはさっさと結婚させないとまずい」と。

『今のうちに特定の宗教組織に所属させることができれば、今も水面下で起こっている引き抜き競争に端を発する軋轢がなくなる。ついでに有望な人間を引き寄せてくれれば儲けもの。それが監視対象になるほどの人間なら尚ヨシ！　さらに結婚相手であれば特定の宗教に染まることを嫌う父親も説得できる、と。面倒な手駒の使い方としては完璧じゃな』

そんな感じだと思いますよ。そうでないと命令まで出して俺と接触させる意味がありませんから。

『お主の勧誘が目的って自分で言っとったものな』

えぇ。自分が餌になっているとは思っていないのか、それとも理解したうえでこうなのかは不明だが、俺には見える。彼女の背後で釣り糸を垂らしている何者かの存在が。

『性的に喰いついたらそれを理由にして釣る。宗教的に取り込もうとしたら軍と協力関係を結ばせる。害した場合は国家権力を盾に強制的に取り込む。こんなところかの？』

そんな感じでしょうね。

現状、軍がどの宗教組織にも染まっていないからこそ取れる手だな。

俺としても、軍という社会的な後ろ盾が付くのは一概に悪いことではない。

だからこそ一考の余地はある。もちろん手を出すつもりはないが。
『ないんかい！』
そりゃありませんよ。
相手は初対面の娘さんですよ？
それも現役のＪＫ《女子高生》。手を出したら犯罪でしょう。
『ぐぬぬ。妙なところで常識人ぶりおってからに……』
う～ん。神様は俺になにを期待しているのだろうか。ソレガワカラナイ。

# 少女の事情

「監視の件につきましては了解しました。詳細は後ほど上司の方を交えましてお話をさせていただきたいと思います。本日はお疲れ様でした」

「あ、うん」

咲良は監視対象である西尾暁秀本人から己に割り当てられた任務、つまり彼の監視を認めるような言質を与えられたことに驚いてしまい、流れるような所作で立ち去っていく暁秀を引き留めることができなかった。

暁秀の背中はもう見えない。これから追いかけようにもそんな雰囲気でもない。

「これは、どうなんだろう？」

暁秀や彼に憑いている神様が予想したように、咲良が語尾に「ッ」を付けていたのは意図的なものであった。

咲良が無理をしてまでそんなことをしたのは、彼女が所属する組織である国防省は特殊作戦群心霊災害対策課のプロファイラーから『彼は体育会系が好みだと思います』と報告が上がっていたためである。根が真面目な軍人である咲良や、それを監修した彼女の上司らにとって、体育会系女子とはああいう感じだったのだ。

「はぁ。監視自体は否定されなかったし、態度からも嫌われてはいないと思うけど、そもそも監視するって時点で気分は悪いよね。てっきりなにか条件を付けてくれるかと思ったけど完全に素通りされちゃったし。このままだとなにも解決しない……」

暁秀と神様から『裏を感じない』と評価された咲良だが、そんなことはない。当然彼女には彼女の思惑があって暁秀に接触をしている。（もっとも、暁秀らにとっての【裏】とは、政治や宗教的にドロドロとしたもののことなので、咲良個人にそういう意味での裏がないという彼らの判断は間違っていない）

組織と個人の思惑についてはさておくとして、咲良の事情に話を戻そう。

まず、咲良は自身が置かれている状況を正しく理解していた。

自分が特定の宗教組織に所属していないことの危うさも理解しているし、ほかのメンバーが自分を己の所属している宗教組織に取り込もうと画策していることも理解しているし、上司が自分の扱いに困りはじめていることも理解しているし、なによりこのままでは遠からず【呪い《祝福》】によって死んでしまうことも理解していた。

「今までは父さんが護ってくれた。でもこれからはそうはいかない」

今はまだ一介の協力者として異界に潜っている咲良だが、この学校を卒業した時点で彼女は正式な軍人となる。

また、退魔士としての力を持つ咲良は卒業後、特殊作戦群という機密性の高い部署に配属されることが内定しているので、通常の部隊に所属している父との接触が制限されてしまう（実際は現時点で特殊作戦群に所属しているようなものだが、未成年であり学生でもあるということで色々と便宜を図ってもらっている状態)。

そうなった場合、咲良は己の意志で自分が所属する宗教組織を選択しなければならない。

問題はそこだ。

「誰を選んでも角が立つって、どうすればいいの……」

咲良の所属先である特殊作戦群心霊災害対策課に所属しているのは、当然退魔士としての力を持つ者だけである。咲良と彼らの最大の相違点は、咲良以外のメンバーが神社やお寺の関係者であることだろう。

彼ら彼女らは、名門と呼ばれるような家に退魔士としての力を持って生まれたものの、家を継ぐには素質が足りなかったり、秘伝を託すには能力が足りなかったり、分家を継がせるには人格的な問題があったり、そのまま家に残っていたら家督争いの原因になる可能性があったりと、様々な理由で家から追い出された人間たちであった。

当然実家で培った力を使って新興宗教を興したり、罪を犯したり、敵対する組織に所属した場合には実家や実家が所属する派閥から追手が放たれることが確定しているので、そちらにはいけない。

かといって今まで退魔士として生きてきたので、それ以外の生き方を知らない。

追い出したほうも自分の家の関係者が宗教団体を興したり、ほかの派閥に流れたり、心霊犯罪を犯されては困る。国としても退魔士としての力を持つ者がブラブラしているのは勿体ない。

そんな三者の都合が一つになった結果新設されたのが、この特殊作戦群心霊災害対策課である。

実家を追い出された者は国家公務員としての社会的立場と己の能力を使える職場を見つけ、追い出したほうは家族を所属させることで国に協力している姿勢を示すことができ、国は退魔士という労力を得る。三方良しとはこのことだ。

ただし、実家を追い出された側は追い出した側に対する恨みを抱いていることを忘れてはならない。

よしんば恨みを抱いていないにしても、実家を見返してやりたいという思いは多かれ少なかれ全員が抱いている。そんなところにどこの色もついていない娘さんが放り込まれればどうなるか。

答えは単純にして明快。取り合いである。

ある者は「彼女との間に生まれた子が強ければ」と。

ある者は「新たな血を入れるきっかけになれば」と。

ある者は「彼女を新興宗教の教祖にすればいい」と。

咲良の周囲にいる者たちは様々な理由を掲げて咲良を取り込もうとしていた。

当然咲良に与える餌は彼らが実家から取り寄せている術具。その中でもメインは軍から支給される【呪い】に対抗できる護符よりもずっと強力な効果を持つ護符である。

これに困ったのが、この年になるまで「特定の宗教に染まることを良しとしない」という軍人の鑑のような教育を受けてきた咲良であった。

個人的な好き嫌いは別としても、各々の家庭の事情に巻き込まれたくない。

でも護符は欲しい。

新たな宗教を興すなど真っ平御免だ。

でも護符は欲しい。

誰を選んだとしても、選ばれなかった人との間に隔意ができることは確実である。

でも護符は欲しい。

「隔意くらいならまだましかも」

選ばれなかった人間が選ばれた人間を暗殺しそうで怖い。

「というか、するでしょうね。あの人たちなら」

これまでの経緯から、咲良は特殊作戦群心霊災害対策課に所属している先達たちの人間性を全く信用していなかった。

いまだ高校生でしかない咲良が、そんな妄執ともいえるモノを宿した人間と一緒になりたくないと考えるのは、極々当たり前の話であろう。

同僚や先輩と深く関わるのは危険だ。

かといって宗教組織に所属しないと死んでしまう。

悩んだ末に咲良が選んだのは、そういう妄執を抱いていない人間。

つまり家を継ぐことが確定しているが故に精神的に余裕があるであろう神社や寺の長男であった。

それもただの神社や寺ではなく、退魔士としての実績がある家の人間でなくてはならない。

嫁入りした家の宗教に染まることになるが、それに関しては諦めるしかない。

神社はお金がない場合が多いらしいが、それは自分が稼げばいい。

咲良にはそんなことが些末な問題といえるほど嫌なことがあるのだ。

「あんな死に方は絶対に嫌！」

死に方を選べる人間は幸福だというが、あんな、数日苦しんだ挙げ句に体内から爆発するような死に方を選ぶなんてありえない。

【呪い】で死んだ人間を思い出しては身震いする日々。

彼女が恐怖で身を震わせるのは当然のことだ。なにせあの死に方は、軍人が特定の宗教に染まることを疎んじていた父親でさえ「アレを避けるためなら仕方ない」と納得するほどに凄惨な死に方なのだから。

こうして咲良の方針は決まった。

しかしそうそう簡単に神社やお寺の後継ぎと接触できるわけではない。

それどころか、彼らと軍や特殊作戦群は商売敵のような関係なので、接触した時点で双方からスパイ扱いされてしまう危険性がある。

どうしようかと悩む咲良に、課長がとある機密情報を教えてくれた。

曰く、最近教会や国に目を付けられた少年がいるということ。

その少年はとある神社の長男であること。

その少年の家は最近母屋を新築したり、神社の改修にも手を付けているくらいには金銭的に余裕があるということ。

その少年はすでに深度三の異界を幾度も攻略しているほどの実力者であること。

その少年は中津原家との繋がりがあること。

その少年は春に育英高校に入学するということ。

さらにその少年は体育会系女子が好きそうだということ等々。

咲良にとって有用な情報を沢山教えてくれた。

「それだ！」

まさしく天啓だった。

その少年は特定の宗教を信じていない咲良が思わず神に感謝するくらい完璧な存在だった。

深度三の異界を幾度も攻略しているということは、【呪い】を恐れていないということだ。

即ち軍が開発している【呪い】避けの護符よりも高性能なナニカを持っているということだ。

それさえあればあの凄惨な死に方をしなくて済む。

家を新築しているのも良い。

お金がなくても自分が稼げばいいという思いは嘘ではないが、咲良も現代っ子なので自宅のトイレがポットン式なのは嫌だった。

「乗るしかない、この大波に！」

そうと決まれば話は早い。咲良はほかのメンバーに知られぬよう、課長や課長の意を汲んで動いている比較的穏当な性格をしていた女性の先輩などに対象の話を聞きに行った。

その際、すでに件の少年の周囲には何人かの女の影が存在することを知ったが、咲良は諦めなかった。

課長からまだ諦める時間ではないと言われたからだ。

課長がそう断言した根拠はもちろん、件の少年こと西尾暁秀と最も仲がよいとされる少女、鷹白環の存在だ。客観的に見て、しがない神社の長女でしかない鷹白環にとって西尾暁秀はなにがなんでも確保すべき優良物件だが、西尾暁秀にとって鷹白環とはなんの得にもならない存在である。

というか、彼女に手を出せば自動的に鷹白家というお荷物を抱え込まされることになるので、経済的に余裕があるわけではない暁秀からすれば鷹白環とはなんとしても距離を置かねばならない存在である。それをしないのは彼女が中津原の令嬢である早苗と仲が良いから……ではない。

そもそも鷹白環と中津原早苗は暁秀を介して出会っているのだ。

むしろ中津原早苗と関係を持つことを考えれば鷹白環は邪魔だろう。

故に中津原早苗の存在は暁秀が鷹白環と距離を置かない理由にはなりえない。

ではなぜ暁秀は邪魔にしかならない鷹白環と距離を置こうとしないのか。

答えは一つ。西尾暁秀は鷹白環のような女性が好みだからだ。

いくら力があるとはいえ、所詮は思春期の子供である。

性欲を完全に我慢できるはずがない。

かといって手を出せばもれなく不良債権がついてくる。

貧乏暮らしを知っている暁秀からすれば絶対に手を出せない案件だ。

中津原早苗に至っては言わずもがな。

最速の機能美を再現したかのような体型に性的興奮を覚えにくいのはもちろんのこと、中津原家という名家の看板は暁秀が穢《けが》せるほど軽くない。

つまり暁秀は美少女二人に囲まれている中で常時お預けをされている状態なのだ。

近くにいるのに手が出せない。

そんな生殺し状態に置かれていることで、彼はかなり悶々としているはず。

そこにオールフリーを掲げる咲良が介入すればどうだろうか。

少なくとも咲良の家は貧困世帯と呼ばれるような家ではない。

さらには元々咲良が考えていたように共働きだってできる。

なにより咲良は環と系統が似ているが、環が持っていないものを持っている。

この状況で落とせないはずがない。

課長から自信満々にそう告げられた咲良は、確かな自信を抱いて暁秀に接触することができた。

その結果は課長や自分が想定したものとはかなり差異があったが、それも初対面であることを考えれば悪くはないはずだ。課長はそう言うだろうし、咲良だってそう思う。

だが実際に暁秀と接触した咲良には一つの懸念があった。

「初対面から欲望むき出しでこられても困るのは確かなんだけどさ。でも、なにもないっておかしくない？」

咲良とて女子である。男性から向けられる視線に疎いわけではない。むしろ周囲の大人たちから煩悩交じりの視線を向けられることが多いので、同年代の男子としか接触したことのない、いわゆる普通の少女よりも鋭敏な感覚を持っていると言ってもいい。

その鋭敏な感覚が告げるのだ。『彼は自分を異性と認識していなかった』と。

もしかしたら気のせいかもしれない。

だが軍人たる者、退魔士たる者は、一度覚えた違和感を気のせいで片付けてはいけない。

それは彼ら彼女らにとっての常識である。

「……一度課長に確認してみましょう」

故に咲良は頼りになる大人である課長に一度確認を取ることにした。

――咲良から見れば真面目で聡明でありながら、必要とあらば色仕掛けも許容するだけの器を持つ人生経験豊富な課長でも知らないことはある。

たとえば仮想敵の筆頭である鷹白環がファッション僕っ娘であることを知らない。

たとえば暁秀が体育会系に対してなんら思い入れがないことを知らない。

たとえば課長や咲良が考えている体育会系のスタイルには暁秀の興味を惹く要素が極めて薄いことを知らない。

たとえば暁秀には早苗の家柄に怖気づく理由などないことを知らない。

たとえば暁秀が溜め込んでいるはずの熱いパトスは定期的に発散されていることを知らない。

たとえば暁秀にとって理想の女性とは白い和服が似合う少女のような存在であることなんて知る由もない。

対象を攻略するために必要な情報を知らない課長は、咲良にどのようなアドバイスをするのか。

その課長からアドバイスを受けた咲良はどのように動くのか。

「私は負けない。絶対にッ！」

咲良の命と将来を懸けた戦いはまだ始まったばかりである。

# 少女たちの日常

①

霊和十五年。四月六日。

早いもので、お兄ちゃんが東京の学校に行ってからもう十日くらいが経った。

「いい天気だねぇ」

「そうですねぇ」

私こと西尾千秋は、ついさっきまで境内の掃除をしていたけど、今はお庭に咲いた桜を見ながらアイナちゃんと一服中。

『オォォォォ……』

「あ、また来た」

春の陽気に誘われてちらほらと浮遊霊らしきモノが現れるけど、少し前ならいざ知らず、今の私が手を翳《かざ》して「破ぁ」すれば消える程度の雑魚に右往左往することはないんだよね。

一応お母さんやお父さんに悪さをされる前に消すけどさ。

「今度はアイナちゃんがやる？」

「いえ、千秋さんの経験にしてください」

「経験にならないと思うけどねっと」

『アァァ……』

「お見事です！」

「このくらいで褒められても困るって。ただの雑魚以下だよ？」

いや、ほんと。

「……噂ではアレで三〇万円は稼げるそうですよ」

「マジで⁉」

あんなので三〇万円も貰えるの⁉

「マジです。退魔士からすれば雑魚以下の存在ですけど、あれでも一般の人からすれば脅威ですからね。本物の退魔士が行うお祓いはそのくらいかかるそうですよ」

「はえ～」

退魔士ってすっごい稼げるんだね。

「でもですね。あまりにもあっさりやりすぎると依頼主が玉串料の支払いに不満を持つそうなんです。だから普段から苦戦する演技を見せたり、傍にいる人が大げさに驚く必要があるって掲示板に書いてありました」

知識の元は掲示板か。

でも言わんとしていることはわかる。

「じゃあ今度からもう少し苦戦するわ」

「是非そうしてください」

たった数日で深度三の異界に潜れるようになった私たちだけど、そういう知識は全然足りていないからね。経験や知識に関してはさすがのお兄ちゃんでもなんともできないみたいだし。

あぁそうそう。お兄ちゃんだよ、お兄ちゃん。東京に行ってから一度も帰ってきていない薄情者のお兄ちゃん。

あの人は私が中学校で上手くやれるかどうか心配していたみたいなんだけどさ。私としてはボッチ気質のお兄ちゃんがちゃんと生活できているかどうかが不安でしょうがないんだよね。

まぁ環さんや早苗さんがいるから大丈夫だろうとは思っているけど。

私？　私はアレだよ。中学に入る前にアイナちゃんというお友達もできたし、無理に友達を作る必要もないかなぁって感じかな。

実際、退魔士としての力を持たない人と仲良くなっても話が合わないと思うし。

だから私がしたことといえば、入学式の後で誘われるがままにクラスのみんなでカラオケに行って、そこそこ美味しいお菓子を食べて帰ってきたくらい。

いやぁ、ああいうところで食べるお菓子って美味しいよね。高いけど。

ちなみに何人かの男子から「連絡先を交換してほしい」と言われたけど、当然拒否したよ。

もちろん、けんもほろろに断るのではなく、誤解を受けないよう丁重に「少なくともそのスマホの使用料金を親御さんのお金ではなく自分で払えるようになってから出直してきてください」と言ってお断りさせていただきましたとも。

なんか唖然としていたけど、当たり前だよね？

経済力は大事でしょ？　さすがに小学生には求めないけど、中学生ならそれくらいはねぇ？

私だって支払っているんだしさ。

ちなみにお兄ちゃんに至っては家族全員分支払っていたんだよね。

しかも退魔士協会に通える年齢になった途端に稼ぎまくっていたって、もうね。驚きしかない。

でも、男たるものそれくらいの甲斐性がなきゃ駄目だよね！

いや、別に奢ってほしいというわけじゃないけど、親御さんのお金でどうこうしている人って、その親御さんがいなくなったら生活できないじゃん？

アイナちゃんだってお兄ちゃんが拾ってくれなかったら野垂れ死んでいただろうし。

だから「自分で稼げる程度の甲斐性を見せてみろ」って言ったんだけど、どうも理解してもらえなかったみたい。横で聞いていたアイナちゃんはうんうんと頷いていたから、特に間違ったことは言っていないと思うけど。

なんか一部の女子から「お高くとまっている」って言われているらしいね。

「ほほう。そんな輩がいたんですか」

「まぁね。でもそんなのは小学校時代で慣れているから問題なし！」

直接的な嫌がらせをされたら報復するけど、悪口くらいは許してあげる。

私は寛大な女なんだから。

「……だからアイナちゃんも変なことしなくていいからね？　振りじゃないよ？」

「駄目です！　絶対に赦してはなりません！」

「なんでさ」

「だって、暁秀さんが！」

なにやら必死なアイナちゃんに話を聞いてみれば、思わぬ名前が出てきたぞ。

「お兄ちゃんがなんて？」

「千秋さん。あの人って、怖いんですよ！」

「はぁ」

なにやら細かく話を聞いてみれば、アイナちゃんは私の敵を放置したのがお兄ちゃんにバレた場合、即座に粛清されると思っているらしい。

いや、お兄ちゃんはそんなことしないでしょ？

あの優しいお兄ちゃんをなんだと思っているのか。

万が一ナニカするにしても、それはあくまで敵を放置した場合でしょ？

あの人たちって敵ってほどの存在じゃないでしょ？

深度一の異界にいる妖魔どころか、その辺の地縛霊にさえ殺されるような雑魚だよ？

「で、でもですね。虫けらを生かしておくといずれ足を掬われるっていうのは物語の常道ですよ！殺せるときに殺さないと！」

「同級生を虫けら扱いしないの」

虫に失礼でしょうが。

「もちろん敵であれば殺せるときに殺すべきだけど、相手は同級生だから。ただの女子だから」

「ただの女子を侮ってはいけません！　世の中を構築している大半の人間は千秋さんがいうところの〝ただの人間〟なんですよ！」

「あーそれはそうだね。うん。ゴメン」

どうしよう。正論なんだけど、やろうとしていることは明らかに過剰なんだよね。

そもそも足を掬われるのが物語の常道っていうけど、それでいえば私たちが悪の組織かなにかに所属している側だよね。

主人公をぼこぼこにしておきながら「今日のところはこの辺で勘弁してやろう」と言って去っていく的な。確かに私もアレはないと思うよ？

物語の都合上、仕方のないことだとはわかっているけど、敵は殺せるべきときに殺すべきだと思う。

でもね。主人公とただの女子生徒を一緒にするのはどうかと思うわけよ。

「で、でもですね！」

うーん。私も神社の娘ってことで世間に疎いところはあるけど、アイナちゃんも教会でアレだったらしいから結構ズレているところがあるよね。

もっと言えば、なまじネットとかを使えたせいで、経験はないけど知識だけはあるっていうアンバランスさが危うさを助長しているのもよろしくないと思うわけでして。

「やらないとやられる。やられる前にやらないとやられる。やれるときにやらないとやられる」

「どんどん物騒になっていくねぇ」

この怯えながら殺気を放つという器用な真似をしているアイナちゃんをどう宥めたものか。

いや、手はあるんだよ。凄く簡単で、かつ確実な手が。

確実な手、それは彼女の雇用主兼師匠であるお兄ちゃんに止めてもらうことである。

アイナちゃんはお兄ちゃんに絶対に逆らわないからね。

だからお兄ちゃんに電話して止まってもらうよう指示を出してもらえば彼女は一発で止まる。

それは確定した勝利。

問題があるとしたら、お兄ちゃんはお兄ちゃんでちょっと私に甘いところがあるってことかなー。

だから、もしもお兄ちゃんが「かまわん。やれ」とか言ったら私には止められないんだよね。

同級生の安全よりもお兄ちゃんの気持ちを優先するのは当たり前のことだし。

「逃げる敵は敵。逃げない敵は訓練された敵。そうだ。やろう。やるしかない」

「あー」

危険な状態だね。これはもう一度お兄ちゃんに聞いてみるべきかな？

そんなことを考えてスマホに手を伸ばそうとしたときのこと。

「ごめんくださーい！」

突如として玄関から女の人の声が聞こえてきた。

インターホンを鳴らさないのかって？

この辺の人たちはそんなことしないよ。

私もインターホンの使い方よくわからないし。

「……アイナちゃん。お客さんだよ」

「あ、はい！」

先ほどまでの深刻な表情はどこへやら、アイナちゃんは接客用の表情を浮かべながら玄関に向かった。普段はお客さんの少ない神社なんだけど、今は御社殿とかの改修のために大工さんが入っているから結構人が来るんだよね。

で、本来であればお母さんかお父さんが出迎えるんだけど、二人は日中社務所で待機しているので、母屋に来た人はまず私たちがお相手することになる。

といっても、だいたいはそのまま社務所を案内するだけなんだけどね。

だから私たちがナニカするとしたら、退魔士絡みの依頼か、荷物の受け取りくらいのものかな。

ちなみに私よりも先にアイナちゃんを向かわせたのは、意地悪とかではなくて、それがアイナちゃんの仕事だから。私としてはどうでもいいことなんだけど、そもそもアイナちゃんは修行をしているって名目でここにいるから、私よりも遅れて動くのは良くないらしい。

アイナちゃんは『万が一刺客が来たときのために私が先に行くんです！　暁秀さんからもそう言われています！』って常に気合を入れているけど。

お兄ちゃんがそんなこと言うわけないでしょ。

彼女は一体ナニと戦っているのか。それがわからない。

「あ、どーもー」

まぁいいや。

とりあえず今はお客さんである。

お客さんの気配が玄関から動いていないってことは、アイナちゃんが社務所を案内しなかったってことだ。だからお客さんは退魔士として相手をしないといけないお客さんなんだと思う。

でも挨拶が軽かったから知り合いかな。

元々東京にいたアイナちゃんに、若い女の人の知り合いなんて数人しかいない。

「あーあの人かな？」

そこに考えが至れば、普通に聞き覚えのある声だったことを思い出す。

ウチに来る人であんな健康的な声を出す人は一人しかいないもんね。

「お、久しぶりだね、千秋ちゃん！　元気してた？」

「あ、はい。お久しぶり、です。元気です」

心配性のアイナちゃんが心労で倒れないかどうかを心配しつつ玄関に向かう私を待っていたのは、私がよく知る人にして陽キャの代名詞にしてお兄ちゃんのお嫁さん候補の第一号、その名も鷹白環さんであった。

②

お兄ちゃんのお嫁さん候補第一号こと鷹白環さん。

彼女は二つ離れた町にある神社の娘さんで、環境的には少し前の私たちとほとんど同じ感じの人である。

十二歳になってからすぐに家計を助けるために異界に潜ったのはお兄ちゃんと同じだけど、ある意味非常識の塊であるお兄ちゃんと違って、どこにでもいるしがない神社の娘さんでしかなかった環さんは、初めて潜った異界で普通に死にかけたらしい。

当時のお兄ちゃんは環さんのことを「レベル一のくせに特に特殊な装備もなければ特殊なスキルもないままレベル一〇くらい必要な異界に潜った運任せのアホ」なんて酷評していたけど、それもむべなるかな。

前までは話を聞いてもどんな感じだったのかよくわからなかったから「女の子に酷いこと言ったら駄目だよ」なんて窘《たしな》めたけど、自分も異界に潜るようになった今ならわかる。

当時の環さんはお兄ちゃんが言う通りのアホアホさんでした。

いや、もしかしたらそれ以上のアホアホさんだったかも。

っていうか、死ぬよね。なんで生きているの？

環さんを追っていたっていう妖魔が遊んでいなければ死んでいたし、お兄ちゃんの到着が少しでも遅れていたら死んでいたし、そもそもお兄ちゃんが環さんのいる異界に潜っていなければ死んでいただろう。

私やアイナちゃんだったら間違いなく死んでいたと思う。

少なくとも全治数カ月に及ぶ大怪我を負っていたはず。

そんな状況にあって、環さんは無傷だった。

もちろん色々と垂れ流してしまったせいで尊厳的なモノは死んだらしいけど、その程度である。

どんな強運よ。

しかも助けたのが当時まだ色々手探り状態だったお兄ちゃんで？

お兄ちゃんの修行と金策を手伝うことを条件に一緒に異界に潜ることになって？

しっかり二等分のお金を貰えて？

知識や技術を教えてもらえて？

レベルアップまで面倒を見てもらえて？

今では単独で深度三の異界を攻略できるほどの実力者で？

さらには中津原家のお嬢様である早苗様と親友のような間柄になった？

どんな豪運よ。

いや、最終的にナニカしたのはお兄ちゃんなんだけど、個人的には命が懸かった死地でお兄ちゃんというジョーカーを引いたという一事だけで環さんは尊敬に値する人物だと思っている。

尊敬はしているけど、気質が体育会系なところはちょっと苦手なんだよね。

正直二人で話すのは勘弁願いたいと思っていますですはい。

今はアイナちゃんがいるから問題ないけど。

「その、環さんはなんでウチに来たんです？　お兄ちゃんはいませんけど」

「もちろん知ってるよ」

「知っている？」

なら環さんはお兄ちゃんに会いに来たわけではないってこと？

いや、もちろん環さんはお嫁さん候補なんだから、お兄ちゃんがいないときに来てはいけないなんてことはないよ？

お母さんだって環さんが来たら喜んでお出迎えするくらい仲がいいからね。

鷹白家のほうでもまんざらでもないみたいだし。

もっとも、両家が今みたいに良い関係を築けたのはお兄ちゃんと環さんが頑張ったからだ。

といっても、別に頑張って両親を説得したとかそういう意味ではない。

単純に退魔士として強くなったからだ。

元々、環さんの実家である鷹白家はウチと同じくしがない神社である。

こう言ってはなんだが、向こうの家は率直に言ってお金がなかった。

そんな感じなので鷹白家では環さんはお金がある家の人と結婚してほしいと思っていたし、環さんもそのつもりだったらしい。

西尾家もそうだ。私の結婚相手はもちろんのこと、お兄ちゃんの結婚相手もそれなりに余裕のある家の人であることが求められていた。

お金がない家同士で結婚しても良いことなどなにもないので、本来であればお兄ちゃんと環さんが結婚するなんてことはお互いの家が認めないはずだった。

まぁこの時点ではお兄ちゃんと環さんの間に面識はなかったから結婚もなにもないんだけどね。

それはいいとして。

状況が変わったのは、お兄ちゃんが異界に潜るようになってからだ。

非常識なまでにお金を稼ぎだしたお兄ちゃんを見て、お父さんとお母さんは「家のことは考えなくてもいいから好きな人と結婚しなさい」と許可を出したらしい。

そもそもこの時点で補助金込みのお父さんより稼いでいたからね。そりゃ反対できないよね。

でもって、お兄ちゃんが稼ぐということは二等分の分け前を貰っていた環さんも稼げていたというわけで。

決定的だったのは、お兄ちゃんと出会ってから数カ月後のこと。なんでも環さんが単独で深度二の異界を攻略して報酬を得たときに、向こうの御両親も納得して結婚相手を自分で決めて良いという許可を出したそうな。

そりゃね。単独で月数十万、場合によっては百万円以上稼げるんだもん。

並大抵の相手じゃ釣り合わないよね。

こうして結婚相手を自由に選べるようになった環さんが周囲を見回したとき、彼女の結婚相手にふさわしいと思える人間はお兄ちゃんしかいなかったらしい。

そりゃね。お兄ちゃんは単独で自分よりも稼げるうえに、神社出身ってことで気心も知れているし、なにより知勇兼備のイケメンだもん。

並大抵の相手じゃ比べものにならないよね。

実のところ環さんがお兄ちゃんのそばを離れられない切実な理由があることを知ったのはつい最

近のことだけど、それがなくても環さんはお兄ちゃんを選んでいたと思う今日この頃。

「今日は暁秀じゃなくて千秋ちゃんに用があって来たんだし」

「私に、ですか?」

「そうなの。アイナちゃんがいるのも都合がいいね」

「へ? 私も?」

「そうそう」

私だけでなくアイナちゃんも? さて、なんだろう。

ぱっと思いつくのは「異界の探索に付き合ってほしい」ってことくらいだけど、それなら早苗様とかお兄ちゃんを誘うよね? もし二人の都合が悪くても、わざわざウチに来ないで同じ学校に通う人たちを誘うよね?

というか、お兄ちゃんがいないときを見計らって来たりはしないはず。

そうなると、なんだろう? 本当に心当たりがないんだけど。

「もしかして襲撃、ですか?」

「へ?」

「は?」

暗い顔をしながら危険なことを口にしたのは、もちろんアイナちゃんである。

いやや、まぁ、アイナちゃんの境遇を前提に考えれば、確かにお兄ちゃんがいないときに私とアイナちゃんに用があるって言われたらそう考えるのも分からなくはないよ?

でもさ、さすがに環さんがそれをすることはないでしょ。

お金を積まれるどころか、人質を取られても拒否するんじゃない？

もしくは依頼を受けたふりをしてお兄ちゃんに助けを求めるって。

そう思って環さんを見てみれば、環さんはなんとも間抜けな顔をしながらアイナちゃんを見つめてるし。もし襲撃ならこんな隙を晒さないよね。だから襲撃ではない。はいQED《証明終了》。

「うん。まぁ、アイナちゃんもここに来るまで色々大変だったらしいけど、私らはそんなに殺伐としてないからね？」

「嘘だ！　暁秀さんが殺伐としていなかったら一体誰が殺伐としているっていうんですか！」

「アイナちゃん？」

結構失礼なこと言っているけど、自覚ある？

「ひ、否定できない」

「環さん？」

貴女までなにを言うんですか。

「いや、正直暁秀のレベリングはかなりスパルタだよ。あと、敵には全然優しくないからね」

「それはまぁ、そうですけど」

さすがの私も「効率がいいから」とか言って妖魔に追いかけ回されるのはどうかと思うけど。

あ、敵についてては正直よくわからないのでノーコメントでお願いします。

「納得してもらえたところで、そろそろ話を進めていいかな？」

「あ、はい」

そうだった。アイナちゃんが暴走したせいで聞きそびれたけど、環さんはなにか用があるからこそ休みの日だっていうのにわざわざウチまで来たんだもんね。

世間話とかお兄ちゃんのことについては後で聞くとして、一体なんの用なんだろう？

「実はさー。こないだの入学式でちょっとした事件があってさー」

「ほほう」

事件？　なにも聞いていないけど、なにがあったんだろう？

「細かいことは省くけど、そのおかげで纏まったお金が入る予定なんだよね」

「はぁ。それはそれは、おめでとうございます？」

事件のおかげでお金？　もしかして植田さんみたいな感じかな？

「ありがと。それでね？　そろそろウチもリフォームしたいって話になってさ」

「ほほー」

前にトイレの改修をしたって聞いたけど、あのときは母屋は改修しないで社務所のトイレだけやったらしいからね。とうとう母屋も本格的に改修するわけだ。

「でもさ、今までが今までだから、新しい家って言われてもどんな感じにしたらいいかさっぱりわかんないんだよね」

「あー」

私もその辺は詳しくないけど、なんでもただ新しい家を建てるのは駄目なんだって。

神社の雰囲気を壊さないようにしなきゃいけないんだよね。

あとは建物が地脈とか霊脈の流れを邪魔しないようにするとか、色々あるみたい。

「だから見学に来たのよ。ここみたいな感じにすれば問題ないでしょ？」

「あぁ。そういうことですか」

確かに、ウチはそういうの全部クリアしているからね。

完成品があるなら参考にしたいって気持ちはわかる。

でもそれなら私とかお母さんよりも……。

「それなら暁秀さんがいたほうがいいんじゃないですか？」

私が思っていたことをアイナちゃんが代弁してくれた。そうなんだよね。地脈とか霊脈に関してはお兄ちゃんが監修したから私たちにはさっぱりわからないし。

「いや、建物の外観とか場所については早苗の家の人に協力してもらうから別に良いの。私が見たいのは内装。暁秀はそっちに関しては完全に無関心でしょ？」

「あー。はい。そうですね」

お兄ちゃんがこだわったのはお風呂とトイレだけだからね。

ほかは「部屋にエアコンとインターネット環境があればそれでいいから、そっちで決めてくれ」って言って丸投げしたんだよあの人。だから内装はお母さんと私がこだわって決めたんだ。

「私はいずれ家を出るけど、弟はずっと残るでしょ？　当然お嫁さんだって迎えるわけじゃん？

でもね、イマドキの女の子がどんな家に住んでいるかなんて、お父さんもお母さんも知らないんだよ。叔父さんとか叔母さんの家はあくまで一般家庭だしさ」

「そうでしょうねぇ」

神社の境内に建てる家の参考にはならないですよねぇ。

「でね。もしもだよ？　あまりにも常識から外れた家を建てたせいで、弟のお嫁さんに来てくれた人が絶望するのはちょっと困るかなぁって思って」

「「わかります」」

家は大事。お母さんが事あるごとに力説しています。

もちろんお母さんの場合はアレすぎた家を見て絶望したって話だから、新しいだけでも十分ありがたいことだと思うけどさ。

でも、どうせ建てるならより良い家にしたいって思うのも当たり前だと思うわけでして。

あと、環さんがお兄ちゃんのいないときを狙って来た理由もわかった。

そりゃ家の中を見るならお兄ちゃんはいないほうが良いよね。

私の部屋とかアイナちゃんの部屋も見るわけだし。

「そういうことならわかりました。思う存分ウチを見ていってください！」

「ありがとう！」

元々お姉ちゃん候補の環さんに隠すところなんてないし。

なんならちょっと自慢したかったし。

あと、ウチを見た環さんが今以上にお嫁さんになりたいって思ってくれれば尚ヨシってね。

いやぁこんなところまでお兄ちゃんのサポートができる私って偉いなぁ。

「よし。これでウチに千秋ちゃんが来ても大丈夫……」

……なんか環さんが妙なことを企んでいる気がするけど、きっと気のせいだね！

「じゃ、ご案内しますねー」

「よろしく！」

このあと、新しくなった母屋や社務所など、思うがままに自慢した。

環さんやアイナちゃんは少し疲れていたみたいだけど、私はとっても晴れやかな気分になれたので良かったですマル！

# 少女たちのお仕事事情

「うー仕事仕事」

私の名前は鷹白環。春から東京都内にある高校に通うことになったごく一般的な女の子。

強いて違うところを挙げるとすれば、退魔士としての力があるってところかなー。

「なんかいい仕事ないかなー」

そんな、ある意味で特別な力を持つ私は、普通の人ではできない仕事をしてお金を稼いでいる。

具体的には、協会が危険と判断した異界に潜って妖魔を討伐したり、異界の中にしか存在しない素材を採取してきたりって感じだね。

今日は弟のお嫁さん候補である千秋ちゃんと、そのお友達のアイナちゃんと一緒に入間の協会を訪れていたんだけど。

「討伐は……今の私たちに見合った相手はなし。採取も私たちだけだとどうしても量が少なくなるからなぁ」

「そうですよねぇ。お兄ちゃんからは『あんまり深いところに行くな』って言われていますし」

「ですです。でも浅いところで採取できる素材だと単価が安いから、なんか損した気分になるんですよね」

「そうなんだよねぇ」

深度二の異界で採取した場合、費した労力と時間に対して得られる報酬が少ないんだよね。

もちろん今の私たちなら深度二の異界にいる妖魔程度であればいくらでも滅ぼせるし、なんなら異界のボスだって簡単に討伐できる。

その場合、百五十万円くらい貰えるから山分けでも結構な稼ぎになるんだけど、前に協会の人から『君たちに討伐の仕事を独占されると、ほかの人の仕事がなくなっちゃうんだ。だから、討伐に関してはできるだけ控えてほしい』って言われているんだよね。

正直な話、ほかの人の仕事がどうなろうと関係ないんだけどさ。

私がほかの人の仕事を奪いすぎた結果ここの支部から人がいなくなったら、いざというときに大変なことになるかもしれないって言われたら我慢するしかないわけで。

もちろん、前みたいに生活がやばくなるくらい切羽詰まっていたら討伐でもなんでもするつもりだけれど、今は余裕があるからね。わざわざ同じ業界の人を敵に回すのも面倒だってこともあって、討伐に関しては協会の人に頼まれるか、上級探索者――深度三以上の異界に潜れる探索者――限定の依頼が貼り出されない限りは関与しないことにしている今日この頃。

「仕事を選ぶだなんて、私も贅沢になったもんだなぁ」

「贅沢はよくわかりませんけど、好きなときに好きなお菓子を食べられるっていいですよね！」

「わかるわー」

ほんとわかる。一時期はお菓子どころか主食すら危うかったもんね。

お母さんからだって『私ね、この家に嫁いできてから、食べたいものを買って、食べたいものを食べる。そんな普通の生活は諦めていたの。だからそんな当たり前のことを取り戻してくれた環には感謝しかないわ』なんて、悲しい告白されたくらい厳しかったんだから。

「わ、私はそこまで食事に切羽詰まった思い出はないですけど、自分で稼いだお金で食べるお菓子って美味しいですよね！」

「「わかるわー」」

暁秀なんかは『働かずに食べる飯ほどうまいものはない』って言うけど、ちょっと同意できないかな。だって人から奢ってもらうとなんだか惨めな気持ちになるからね。施されているって感じでさ。

その点、自分で買えばそういうのがないし、なにより充実感っていうのかな？　そういうのを感じて幸せな気分になれるんだよね。

だからこそ、今日もその充実感を味わうためになんらかの仕事を受けたいところなんだけど、どうも不作っぽいなぁ。

「なんで依頼を受けさせてもらえないんだよ！」

「実績と実力が伴っていないからです」

「実績はともかく実力が足りないってなんでわかるんだ！」

どこかにオイシイ依頼がないものか。なんて考えながら貼り出されている依頼を眺めていると、受付のほうからなにやら争うような声が聞こえてきた。

どうやら依頼を巡って口論をしているようだけど。

「受付さんと口論？　珍しいこともあるもんだねぇ」

「あんまり見ないですよね」

「あんまりっていうか、初めて見ました」

「私も……あ、いや。暁秀とか早苗が揉めるのを見たことがあったわ」

なんならついこの間も揉めてたわ。

「早苗様とお兄ちゃんかぁ。まぁ、うん」

「あ、あのお二人はちょっと違いますから」

「否定はしないでおくよ」

事実だから否定できないともいう。

そもそもの話なんだけど、通常、協会を利用する退魔士は受付さんと争ったりしない。

当たり前だ。仕事を仲介してくれる人と喧嘩してなんの得があるというのか。もしくは、彼らからの信用を失うことで、どれだけ損をすることになるのか。それらを考えれば、彼らと争うことに意味はない。というか損しかないと思う。

百害あって一利なしとは、まさにこのことだよね。

それが理解できているからこそ、協会を利用する退魔士は彼らと敵対したりはしない。

暁秀だって、中津原家を通して意見を言ったり、直接支部長さんにクレームを入れることはあっても、表立って受付の人と敵対するような行動はたまにしかしないのである。

（それだって受付の人に明確な瑕疵があるときだけだ）

あの暁秀が少しでも慮《おもんぱか》るって時点で、協会を利用する退魔士にとって受付の人がどれだけ尊重されているのかがわかると思う。

早苗？　あの子が受付の人を慮るわけないじゃん。

むしろ相手のほうから擦り寄ってくるよ。

そう考えると、ある意味、暁秀よりも早苗のほうがヤバいよね。

色々と規格が違う早苗とか暁秀のことはさておくとして。

「んー。こんな大声で受付さんと揉めている馬鹿は一体どんな馬鹿なんだろうね？」

受付さんと口論している相手を見てみれば、そこにはいかにも〝右も左もわからない新人です〟って感じがする男の子がいた。

見た感じは、まぁ普通の男の子だね。年齢は弟と同じくらいかな。

あえて特徴を挙げるとすれば、着ている服が少し古い感じがするのと、栄養が足りていないのかやや小柄なこと、あと髪の色が茶色っぽいところくらいだろうか。

「千秋ちゃんと同年代くらいだよね。見たことある？」

「私はないです。アイナちゃんは？」

「わ、私も見たことないですぅ」

「ふーん」

それなりに入間の協会で活動している私たちが初めて見ることや、ほかの人の眼を気にしないで受付さんと揉めていることを鑑みれば、あの子は今年十二歳になったばかりで、退魔士として活動できるような年齢になったから依頼を受けに来た新人さんなんだと思う。

ある意味では誰もが通る道だね。

だからなんだって話だけれども。

「見ればわかりますよ。これでも大勢の退魔士の方々を見てきましたので」

「なっ！」

男の子はすまし顔の受付さんに〝実力が足りない〟と判断された理由を一言で断言されて絶句していた。根拠は受付さんの主観にすぎないけど、受付さんが培ってきた経験が男の子を黙らせることに成功していた。

実際、それなりの実力がある人が見れば、一目で相手がどれだけの魔力を持っているかわかるからね。あくまで大体だけど、指標になる程度はわかるってもんよ。

もっとも、中には暁秀みたいな馬鹿みたいな魔力量があるくせに隠蔽が上手すぎて誰も推し量ることができないって使い手もいるけれど、あぁいうのはあくまで例外。

例外はなかなかいないからこそ例外なのであって、あの男の子がそれに値するかと言われたら……まぁ、ないかな。

もちろんあの男の子が特別な才能を持っている可能性はないわけではないだろうけど、受付さんと揉めている様子からすれば、普通の男の子にしか見えないわけで。

「うん。私でもあの子が駄目ってことくらいはわかります」

「千秋さん、表現がストレートすぎますよぉ」

「まぁまぁ、千秋ちゃんが辛辣なのは今に始まったことじゃないから」

「その言い方はどうかと思うんですけど……」

「事実だからねぇ」

この子が無条件で遜《へりくだ》るのは暁秀と早苗くらいのもんでしょ。

私の場合は遜るっていうか普通に先輩として扱っている感じだし。

「まぁいいですよ。で、どう思います？」

「同感。あの子じゃ依頼は受けられないね。このまま異界に行けば、間違いなく死ぬよ」

「環さんも大概辛辣ですよねぇ」

「え？　言葉を濁してもしょうがないでしょ？」

どうせ他人だし。

もちろん運が良ければ何回かは生還できるかもしれないけど、長続きはしないと断言できる。

それがわかっているからこそ、受付さんも依頼を回さないのだろう。

依頼を達成できない相手に依頼を回したところで協会に利益はないのだから。

「そ、それが本当だとしても、なんで駄目なんだよ！　もし俺が依頼に失敗して死んだところでアンタらには関係ないだろ！」

「おっと」

「そうきたかぁ」

「間違いではないんですけど……」

確かに、あの男の子の言い分も間違ってはいない。

基本的なことだが、退魔士には大きく分けて二通りの人種がいる。

一つ目は、独自の組織に所属している退魔士。

これは私の親友である早苗がわかりやすいね。

早苗は国津神系の大家である中津原家に所属している退魔士って感じ。

で、早苗のところ以外にも、天津神系の組織だったり陰陽師系の組織だったり教会系の組織だったりと色々な組織があるんだけど、そこに所属している退魔士は……なんて言えばいいのかな。

会社に勤めているサラリーマンみたいな感じなんだよね。

彼らは基本的に協会を利用せず、各々の組織から出された指示に従って仕事をして、組織からお給料を貰うって感じで生計を立てているみたい。

それぞれの組織としても、自分たちの構成員にわざわざほかの組織である協会が受注した依頼を達成させる意味がないからね。それをするくらいなら、自分たちのところに来た依頼を消化させたほうが組織としても利益になるってもんでしょ？

そんな感じだから、彼らは協会を利用する必要がない。

必要がないからこそ別に受付さんを尊重する必要もないんだけど、同時に徒に協会と敵対する理由もないので、用があって協会に来たときは当たり障りのない対応をすることが多い。

つまり受付さんと口論するくらいなら、さっさと帰るわけだ。

面倒事は起こさない。社会人の基本だね。

対して二つ目は、組織に所属していない、つまり個人事業主って感じの退魔士。

私や暁秀がこれ。

今の暁秀は中津原家の上司みたいな感じだし、私も暁秀や早苗との絡みもあって中津原家の一員みたいな感じで扱われているけど、実際のところは中津原家からお金を貰っているわけではないからね。だから分類としては〝中津原家と仲が良い個人事業主〟もしくは〝中津原家と個別に契約を交わしている個人事業主〟って扱いになるんだってさ。細かいことは知らないけど。

特殊な例である私たちのことは置いといて。

こんな感じだから、通常、協会に来るのは個人事業主みたいな退魔士が多い。

でもって個人事業主である以上、依頼によって生じた利益も損失も自分が背負うことになる。

いわゆる自己責任ってやつだね。

だからあの男の子の言い分も間違ってはいない。

少なくとも数年前までは協会も『死にたければ勝手に死ね』みたいな感じだったのは紛れもない事実である。だけど、それはあくまで数年前までのことであって、今は違うんだよ。

「方針が変わりましたので」

「はぁ⁉」

受付さんにそう告げられて「納得できない！」と叫ぶ男の子。気持ちはわかるよ。

もし私が初めて協会に来たときに同じことを言われたら同じように叫んだと思うし。

でもね。これって言葉にすれば『死にたければ勝手に死ね』って方針から『未熟な退魔士が死なないようにしよう』って方針に変わったってことなんだよね。

具体的な方策はまだらしいけど、少なくとも子供一人で異界に行くような真似はできなくなったんだってさ。

そう考えれば、凄く真っ当な意見だと思うのは私だけではないはず。

「そんなわけなので、次回からは貴方一人ではなく数人で。可能であれば経験豊富な先達と一緒に来てください。そうしてもらえれば依頼を回せますから」

「そんな！」

「あ、ちなみに無断で異界に潜って採取してきても、許可が出ていない時点で協会は買取しませんからね。企業に直接売りに行くのは止めませんが、適正価格で買い取ってもらえるとは思わないほうがいいですよ」

「ぐっ！」

うーん。有能。

「凄く真っ当な意見ですね」

「真っ当すぎて反論できないみたいですよ」

「そりゃそうだよ。誰が聞いても受付さんの言い分が正しいもの」

これにて終了。あの男の子はすごすご引き返し、仲間を探すなり経験豊富な先輩を雇って地道に経験と実績を積んでいくことでしょう。

良かった。良かった。無理をして死ぬ男の子なんていなかったんだ。

……そう考えた時期が私にもありました。

「そんなことを言って誤魔化されるもんか！」

「ん？」

「知ってるぞ！　ここには子供でも楽に稼げる異界があるんだろ⁉」

……なんかおかしなことが聞こえてきたような。

「へぇ。そんな異界があったんだ」

「初耳ですぅ。っていうか、そんな異界があったのなら、あんなにつらくて苦しい修行なんてしなくても……い、いえ、暁秀さんに文句があるわけじゃないですよ！」

「いや、別に言い訳しなくていいから」

暁秀の修行は本当にアレだからね。私もどれだけ苦しめられたことか。

でも、あの修行のおかげで今があると思えば暁秀に文句なんて……あるね。

乙女の尊厳を傷つけられた恨みは暁秀が然るべき形で責任を取るまで忘れないぞ。

暁秀に責任を取らせるのは後にするとして。

「とりあえず移動しようか。面倒事に巻き込まれる前に、ね」

「あ～。そうですね」

「頑張って探します！」

これでよし、と。

あの少年には悪いけど、適当な人を捕まえて適当に依頼を受けてくれればいい。

私は暁秀みたいに赤の他人を助けるなんてことはしない。

他人の命なんて背負えないし、背負いたくないからね。

その辺は千秋ちゃんもアイナちゃんも理解しているはず。

そもそもの話なんだけど。大人の人たちが考えて子供が簡単に異界に潜り込めないようにしたんだから、それで発生した問題にはその大人の人たちが対処するべきでしょ？

少年君、君は君で頑張ってくれたまえ。二度と会わないだろうけど応援しているよ。

そう結論を下した私は、少しの後ろめたさを覚えつつ千秋ちゃんとアイナちゃんを連れてその場から離れたのであった。

——後日。

「なぁ頼むよ！　助けてくれよ！」

「えぇぇぇぇ」

どこかで見たことがあるような少年がアイナちゃんに絡んでいるのを見て自分の迂闊さに臍《ほぞ》を噬《か》む思いをすることになるのだけれども、それはまた後のお話である。

# キャラクターデザイン公開

## Part.1

メインキャラクターたちのデザインラフを特別公開!
Illustration：riritto

### 西尾暁秀

西尾神社の跡継ぎ長男で生まれながらにして神様憑き。前世の魂と記憶を引き継いでいる。

## 神様

暁秀の父親の祈願に応えて暁秀の出生を助けて以来見守っている（面白がっているとも）。

## 鷹白環

貧乏神社の跡継ぎ長女。
家計のために異界に潜る、
両親と弟を愛する苦労人
のお姉ちゃん。

## 中津原早苗

中津原家の長女で次期当主。命の危機を暁秀に救われて以来、全幅の信頼を寄せている。

## 東根咲良

暁秀が入学した退魔育英高校の先輩。父親は国防軍に属している軍人。

## 西尾千秋

暁秀の妹。貧困にあえいでいた家を救ってくれた兄を信望している。

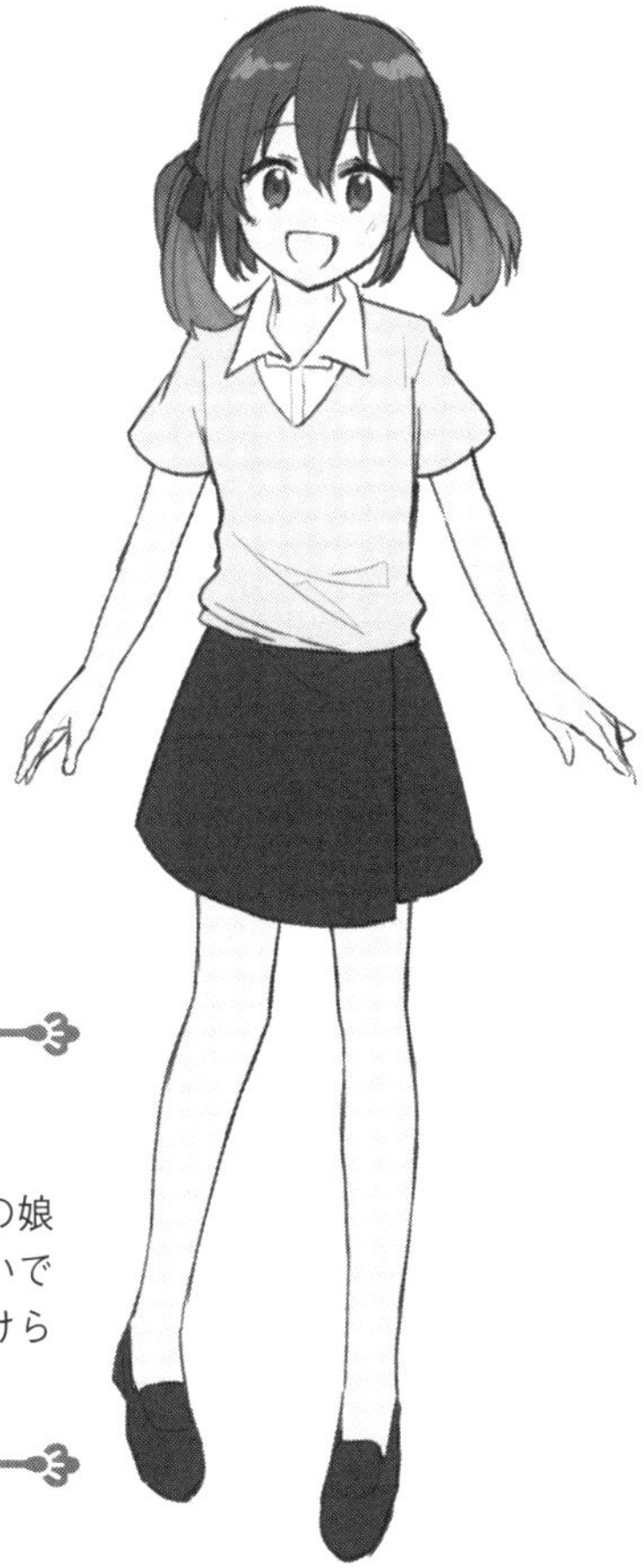

## 芹沢アイナ

教会日本支部の幹部の娘で、人身御供的な扱いで暁秀のもとに押し付けられた少女。

# あとがき

初めましての方は初めましてﾟ そうでない方はお久しぶりでございます。

日々脳裏に浮かぶ妄想を文章化してお目汚しをしているしがない小説家こと仏ょもでございます。

此度は拙作をお手にしていただき誠にありがとうございます。

拙作を書こうと思ったのは、いろいろ疲れていたときに「なにも考えずに読める小説が書きたい……」と思ったのがきっかけです。

そのため拙作は万事自分が好きなモノ、つまり一時期流行ったネットミームやネタなどを無理やり詰め込んだ作品となっています。当然なんとも人を選ぶ作品になってしまったという自覚はあります。後悔も反省もしていませんが。

問題があるとすれば、この作品を文章にして〝小説家になろう〟様に投稿した自分の精神性ではなく、この作品を書籍化しようとした出版社様にあると言っても過言ではないと思うんです。

実際書籍化のお話が来たときは「正気か？」と編集さんの正気を疑いましたので。

なので、なにか御意見やご要望があった場合は編集さんや出版社様にご一報お願いします（責任逃れ）。

責任の所在と醜い自己弁護についてはさておくとして。

内容に関して書くとネタバレになってしまいますのであまり詳しいことを書くことはできませんが、極めて簡単に纏めると、神様的存在とファンタジーものでよくあるダンジョンが混合した世界が舞台となっております。

主人公の性格は鈍感系や無自覚勘違い系ではなく、そういうのを自覚したうえでの煽り系に近いタイプの性格をしていますが、主人公のすぐ傍に神様という彼以上に破天荒な存在がいるため、比較的大人しい感じに収まっていると言えるかもしれません。

こうした世界観の都合上、神話や宗教関係が絡む感じになっておりますが、あえて言いましょう。この作品はフィクションです。実在の人物・団体・事件とは一切関係がありません。

ですので、様々な部分で神話に対する解釈の違いや作者の妄想が入りますが、そういった点を発見しても「だらしねぇ！」と目くじらを立てず「仕方ないね」という許容の心、もしくは「こまけぇこたぁいいんだよ！」の精神を以て見守っていただけると作者は助かります。

また、宗教関係、特に神社の扱いが酷いように感じるかもしれませんが、あえて言いましょう。この作品はフィクションです。実在の人物・団体・事件とは一切関係がありません。

誤植ではありません。大事なことなので二度言いました。

そのうえで、この作品を好きと言っていただけたら幸いです。

最後になりますが、拙作を書籍化すると決意してくださった新紀元社様。拙い文章を前にして様々な苦労をしてくださった編集様。素敵なイラストを描いてくださったriritto様。並びにＷＥＢで応援してくださった読者様と、拙作をお手に取ってくださった読者様。その他、関係各位の皆様方に心より感謝申し上げつつ作者からのご挨拶とさせていただきます。

仏ょも

# MORNING STAR BOOKS LINEUP

## リビティウム皇国のブタクサ姫

著者：佐崎 一路　イラスト：高瀬 コウ
①～⑬巻　定価：本体1,200円（税別）／⑭巻　定価：本体1,300円（税別）

## 勇者召喚に巻き込まれたけど、異世界は平和でした

著者：灯台　イラスト：おちゃう
①～⑫巻　定価：本体1,200円（税別）／⑬巻　定価：本体1,300円（税別）

## 戦国時代に宇宙要塞でやって来ました。

著者：横蛍　イラスト：モフ
①～⑤巻　定価：本体1,200円（税別）／⑥～⑧巻　定価：本体1,300円（税別）

## 養蜂家と蜜薬師の花嫁　上・下・～3回目の春～

著者：江本 マシメサ　イラスト：笹原 亜美
定価：本体1,300円（税別）

## 救国の英雄の救世主

著者：守野 伊音　イラスト：めろ
定価：本体1,300円（税別）

## 異世界の常識は難しい
### ～希少で最弱な人族に転生したけど物理以外で最強になりそうです～

著者：つぶ餡　イラスト：北沢 きょう
定価：本体1,300円（税別）

## ファンタジー化した世界でテイマーやってます！
### 〜狸が優秀です〜

著者：酒森　イラスト：珀石 碧
①巻　定価：本体1,200円（税別）／②巻　定価：本体1,300円（税別）

## 家の猫がポーションとってきた。①〜②巻

著者：熊ごろう　イラスト：くろでこ
定価：本体1,200円（税別）

## 私達、欠魂しました

著者：守野 伊音　イラスト：鳥飼 やすゆき
定価：本体1,300円（税別）

## 来世こそは畳の上で死にたい
### 〜転生したのに前世の死因に再会したので、今世も安らかな最期を迎えられる気がしません！〜

著者：くるひなた　イラスト：黒埼
定価：本体1,300円（税別）

## 鬼面の喧嘩王のキラふわ転生
### 〜第二の人生は貴族令嬢となりました。夜露死苦お願いいたします〜

著者：北乃 ゆうひ　イラスト：古弥月
定価：本体1,300円（税別）

## カナンの魔女

著者：守野 伊音　イラスト：ここあ
定価：本体1,300円（税別）

# かみつき！
# ～お憑かれ少年の日常～

2023年12月2日 初版発行

【著　　者】仏ょも

【イラスト】riritto
【編集】株式会社 桜雲社／新紀元社編集部
【デザイン・DTP】株式会社明昌堂

【発行者】福本皇祐
【発行所】株式会社新紀元社
〒101-0054　東京都千代田区神田錦町1-7　錦町一丁目ビル2F
TEL 03-3219-0921 ／ FAX 03-3219-0922
http://www.shinkigensha.co.jp/
郵便振替　00110-4-27618

【印刷・製本】中央精版印刷株式会社

ISBN978-4-7753-2120-1



※本書は、「小説家になろう」（http://syosetu.com/）に掲載されていたものを、改稿のうえ書籍化したものです。